血蝙蝠

横溝正史

角川文庫
22168

目次

花火から出た話　5
物言わぬ鸚鵡《おうむ》の話　45
マスコット綺譚　53
銀色の舞踏靴　81
恋慕猿　115
血蝙蝠　151
X夫人の肖像　185
八百八十番目の護謨《ゴム》の木　211
二千六百万年後　241
解説　中島河太郎　264

花火から出た話

花火の中から落ちた花束の事

都会という奴《やつ》は——だれでもいうことだが——ひとつの巨《おお》きな迷路なのだ。この一見、とりすました粧《よそお》いの底には、それこそ、ありとあらゆる秘密や犯罪が巣喰《すく》うている。

スチブンソンの「新アラビアンナイト」は、現代においては、決して架空の物語ではない。都会の居住者である以上、諸君は好むと好まざるとにかかわらず、いつ何時、かの善良なるアメリカ人、サイラス・キュー・スカダモーア氏のごとく、戦慄的《せんりつてき》な事件にまきこまれないとも限らないのだ。——ということを、あらかじめ覚悟しておく必要がある。

されば、風間《かざま》伍六《ごろく》がゆくりなくも手に入れた花束から、つぎに述べるような奇々怪々な事件が繰りひろげられたとしても、必ずしも筆者の荒唐無稽《こうとうむけい》な空想癖《くうそうへき》とのみ、断じらるべき筋合いのものではないであろう。

それはある暖かい早春の日曜日、東京の中心からほど遠からぬ山ノ手に、ちかごろ展《ひら》けたばかりの新城《しんじょう》公園の中で、今日も銅像の除幕式があるとやら、朝からポンポンと景気よく花火が揚がっていた。

そもそもこの銅像の主《ぬし》が何人《なんぴと》かというに、元有名な私立大学の総長をしていた人で、文学博士、理学博士、その他さまざまと、一枚の名刺には刷り切れぬほどたくさんの肩書をもった新城哲太郎《しんじょうてつたろう》とて名誉の学者、もとこの辺一帯は、博士の邸宅だったが、去年お亡くなりになるとき、ありがたい御遺言があって、宏壮《こうそう》なお邸《やしき》全部を区に寄付していかれた。その邸跡が立派な公園となって、名づけてこれを新城公園。されば、その徳を長く記念するために、区の有志たちが相諮《はか》って建立した故博士の銅像の今日が除幕式なのである。

「ほんとうに、よいお天気で結構でございますわね」

「ありがとうございます。お蔭様で。昨夜はあのとおりの空模様でございましたから、ほんとうに心配していましたのでございますよ」

「これもやっぱり先生のお徳でございましょう」

「なんですか、もう皆様のお志と、厚く感謝しておりますの」

白襟《しろえり》、黒紋付、緑のアーチをくぐりながら、こんな囁《ささや》きを交わしているのは、いずれ博士の由縁《ゆかり》の人々であろう。

空には五色の万国旗、陽炎《かげろう》が雲母《うんも》のようにきらめいて、全くもって除幕式日和《びより》。

さて、この公園を一望のもとに俯瞰《ふかん》する小高い丘のうえに、その時、ひとりの男が日《ひ》向《なた》ぼっこをしていた。――というところから、この物語は始まるのである。垢《あか》じんだ船員服、腕の金筋も大分色褪《いろあ》せているけれど、どうやら二等運転士というところらしい。広い胸、たくましい腕、日に焦《や》けた浅黒い皮膚、白い歯、全身に海洋の匂《にお》いがしいんと浸《し》みこんでいる。

そもそもこの人物を何者かというに、ついこの丘の下にあるアパートの住人で、その名を風間伍六という。アパートの名簿には無職としてあるが、船員服を着ているところからみれば海員あがりなのだろう。とにかく、身分はあまり詳《つまび》らかではないようだ。

さて、今しも草のうえに寝ころんだ風間伍六が快い春日のなかに、うーんとばかりに大欠伸《あくび》をした時である。ふいにドカンと花火が揚がったかと思うと、その花火の中から、何やらひらひらと落下してきたものがある。

「旗かな？」

旗ではないらしい。春日を斜めにうけてパッと強い色彩が風間の眸《ひとみ》を射た。

「ああ、花束だな」

そう思ったとたん、礫《つぶて》のように虚空《こくう》を切って、すぐ風間の鼻先に落下してきたのは、まぎれもない、薔薇《ばら》の花束、むろん造花だけれど、薔薇に三色菫《すみれ》をあしらって、その根元をピンク色のリボンであしらってあるのが、こよなく愛らしく見えるのだ。

「ほほう」

と、ばかりに風間が思わず眼をすぼめて、その花束に見入っている時、にわかにガサガサと草を掻《か》きわけて、ひょっこりと現われた一人の紳士、風間の手にした花束を見ると、

「あ」

とばかりに低い叫び声をあげたから、風間も思わず草のうえに起きなおった。

除幕式の客だろう、モーニングを着て、気味の悪いほど色の白い小男、モルモットみたいに神経質そうな紳士なのである。

「君、君」

と、モルモットは風間の側《そば》によると、

「その花束をこっちへ出したまえ。黙って持っていくとは怪《け》しからん」

と、豪猪《やまあらし》みたいにいきまいたものだ。

「何んだと」

「怪しからんじゃないか。ひとの花束を無断で横奪《よこど》りするとは」

「ああ、この花束のことか」

風間はわざと空とぼけて、

「こいつがどうしたというんだ」

「こちらに入用があるんだ。いざございわずに黙っておいていきたまえ」

「いやだよ」

「いやだ？」

「いやだよ。欲しいなら欲しいで、はなから礼をつくしてくればともかく、そう権柄《けんぺい》ずくに出られちゃ、出したいものでも出せなくなる。まあ、お断わりだ」

「君、君」

モルモットは急に賤《いや》しい微笑をうかべると、

「これは大きに僕が悪かった。いくら欲しいんだね。五円——いや、十円じゃどうだね」

と風間の顔色をうかがいながら、

「ええい、思いきって五十円、いや、自棄《やけ》だ百円、どうだ百円だ、さあ、その花束をこっちへ出したまえ」

百円——？　この花束が——？　風間は呆然《ぼうぜん》として、手にした花束と相手の顔を見《み》較《くら》べる。こいつ、気でも狂ってるのじゃないかしら。

「ほら、十円紙幣が十枚、贋物《にせもの》じゃないぜ。手の切れそうな本物だ。ええ、どうしたんだ、まさか気が遠くなったんじゃあるまいね」

「止《よ》しやがれ」

さっきからむかむかしていた風間が、とつぜん大声で怒鳴りつけた。幅のあるいい声だ。

「金なんかに用はねえ。僕ァこの花束が欲しいんだ。おい、モルモット君、この次から人に物を頼む時にゃ、もっと気をつけて口をききなよ」

くるり、背を向けた風間のうしろから、

「待て！」

「なんだと！」

振りかえった風間の頭上を、ピューッと石ころがとんで、

「畜生ッ！」

恐怖と絶望とに、貝殻《かいがら》のように真蒼《まっさお》になったモルモットが、ギリギリと歯ぎしりをしながらとびかかってくるのを、

「馬鹿野郎」

パチッと小気味のいい平手打ち、相手が蛙《かえる》のように土に這《は》ったのを尻眼《しりめ》にかけて、

「欲しけりゃいつでも来い。弥生《やよい》アパートにいる風間伍六という者だ。いつでも相手になってやらあ」

肩をゆすってそのまま悠々《ゆうゆう》と丘を下りていったのである。

名射撃手と猫眼《ねこめ》石《いし》の指環《ゆびわ》の事

しかし、風間は不思議でならないのだ。

この造花の花束を百円で買おうという。この花束のどこに、そんな価値《ねうち》があるのだろう。糊《のり》でかためた薄絹の花弁《かべん》、針金をしんにした緑の茎、見たところ、別になんの変哲もないふつうの造花だ。

「まあいいや、家へ帰って調べりゃ分かる」

公園を右ににらみながら、丘のだらだら坂を下っていく風間は、しかし、その時思わずおやと口のうちで呟《つぶや》いた。

だれかあとから尾《つ》けてくる奴がある！

振返って見たわけではないが、猟犬のように鋭い本能が、ピンとそれを感じるのだ。しかも、さっきのモルモットではないらしい。

（一つ引っ返して正体をつきとめてやろうか）

と、思ったが、にわかにまた思い直して、

（面白い、相手がどう出るかこのまま知らぬ顔をしていてやれ）

丘を下ると閑静な住宅地、その町のはずれの河端《かわばた》に建っているのが、風間の間借りをしている弥生アパート。

風間は玄関を入ると、大急ぎで二階にある自分の部屋へあがっていった。窓のカーテンをひらいて見ると、いる、いる！　河を隔てた向こう岸の柳のもとに、帽子を眼《ま》深《ぶか》にかぶって佇《たたず》んでいるのが、たしかにさっきちらと見た尾行者なのだ。外套《がいとう》の下から縞《しま》ズボンが覗《のぞ》いているところを見ると、こいつもやっぱり除幕式の客の一人らしい。顔はよく見えないが、背が低くて、デブデブと肥満していて、さっきのモルモットでないことは一瞥《ひとめ》でわかるのだ。

男はポケットから煙草《たばこ》を取り出して火をつけた。河端には犬の仔《こ》一匹とおらない。のどかな春日のなかに、その男の吐き出す煙が、ゆらゆらと立ちのぼる。

と、この時風間は、ふと妙なことに気がついたのである。その男の立っている柳の根元から、三十間《けん》ほど離れた向こうの橋桁《はしげた》に、もう一人、恐ろしく背のひょろ高い男が佇んでいるのだ。しかも、そいつはどうやら、デブの一挙一動にそれとなく注意を払っているらしい。

「おや、おや、こいつは妙なことになってきたぞ。尾行者に尾行者がついていやがる。まるでソビエトみたいだ」

風間は悪戯《いたずら》っ児《こ》らしく眼を輝かせると、ポケットからさっきの花束を取り出した。そしてわざと見せびらかすように、しげしげとその花束を調《あら》めながら、しかし、その眼は油断なく河向こうに注がれているのだ。

と、急にデブの様子が変わった。にわかにきょろきょろとあたりを見廻《みまわ》すと、煙草をポイと河の中へ投げすて、小脇《こわき》にかかえていたステッキのような物を、こちらに向けると見るや、あっという間もない。

ズドンと白い煙が柳の枯れ枝を包んだかと思うと、風間の手からあの花束が、胡《こ》蝶《ちょう》のようにパッと天井に舞いあがった。恐ろしい射撃手だ。

「畜生」

風間は本能的に身をこごめたが、すぐまた体を伸ばして外を見ると、相手は仕損じたかとばかり、銃を小脇に一目散、向こうの路地へ駆け込んでいく。そのうしろから、例ののっぽが、これまたそそくさと立ち去るのが見える。

風間は呆然《ぼうぜん》としてしまった。事件があまり急角度に進展してきたので、さすがの彼もあっけにとられてしまったのだ。

と、この時、ドアをひらいて、

「あら、どうしたのよ、風間さん、今の音、あれ何？」

びっくりしたような眼を、小鳩《こばと》のようにくるくるさせながら覗《のぞ》きこんだのは、このアパートの管理人の娘で、お小夜《さよ》という可愛い娘。

「ああ、お小夜ちゃん、いや、何んでもありゃしないよ」

「でも、いまズドンという音がしたでしょう」

「大方、自動車でもパンクしたんだろう」

「そうかしら、でも――」

と、お小夜は部屋のなかを見廻して、

「あら、あら、まあ、この部屋どうしたの。花弁がいっぱい散らかっているじゃないの。あら、あんなところに指環《ゆびわ》が落ちている」

お小夜が指さしたのは、この部屋で唯一の贅沢《ぜいたく》品、大型のピアノの脚の下だった。

「はてな」

風間は驚いてその指環を拾いあげる。黄金の台に勿忘草《わすれなぐさ》の彫りも美しく、その中央に妖《あや》しげな光を放っているのはみごとな大粒の猫眼《ねこめ》石《いし》。

風間はどきりとしたような眼をした。さっき、パッと花束が飛び散ったとき、何やら手先からコロコロと床《ゆか》に転がったような気がしたが、すると、あの花束の中にはこの猫眼石の指環が封じこめてあったのか。なるほど、これなら百円出しても惜しくない。

「お小夜ちゃん、お小夜ちゃん」

「なあに」

「この向うに新城という大きなお邸があるね。君、あの家にはどんな人が住んでるか知らないかい」

「新城さん、ああ、あの偉い学者でしょう。あそこ先生が去年亡くなってから、今ではたしかお嬢さん一人よ。とても綺麗《きれい》な方。だけどどうしたのよ、風間さん、いやな方ね。何かそのお嬢さんと指環と関係でもあるの」

「ううん、何んでもないがね、その新城さんとこに、モルモットみたいな男いないかね」

「モルモット？」

と、お小夜は首をかしげて考えていたが、急にプッと噴飯《ふきだ》すと、

「ああ、いるいる、たしかにあの人のことに違いないわ。色の白い、神経質そうな人でしょう。あれ亡くなった新城先生の秘書の方よ。だけど今でもあのお邸にいるのかしら」

「ふうむ、先生の秘書かい。いや、ありがとう」

風間は急に活々《いきいき》と眼を輝かせながら、それきり黙って考えこんでしまったのだ。

令嬢を取り巻く三人男の事

古来、猫眼石の指環には、素晴らしい幸運か、しからずんば、素晴らしい兇運《きょううん》がつ

きまとうものとやら、今はからずも、この猫眼石の指環を手に入れた風間は、いずれの運につき当たったのか、とにかく彼は、飽くまでもこの不思議の謎《なぞ》をつきとめようと決心したことだ。

それには先ず、第一に新城家の内情から探ってかからねばならぬ。あのモルモットが新城家の一員であるからには、この謎の根元《こんげん》は、あのお邸にあると見なければならぬのだ。

さて風間がそう決心したその翌日のこと。

今しも新城家の表玄関へさしかかった一台の自動車。激しく警笛を鳴らしていたが突然、

「あ、危ない」

と、中から女の金切り声が聞こえたかと思うと、ぐぐんと大きくひと揺れ自体を煽《あお》らせて、そのままピタリと停《とま》ってしまった。人を轢《ひ》き倒したのだ。

「まあ、たいへん、怪我《けが》はなくって」

ドアを開いて、牝鹿《めじか》のように身軽にとびおりたのは、二十一、二の小柄の美しい令嬢、花模様をプリントしたアフタヌーンの、襟元《えりもと》のレースがとてもチャーミングだ。

運転手もあわてて運転台からとびおりるとタイヤの側《そば》に倒れている男を抱き起こして、

「君、君、どこか痛みますか」

「フーム」

歯を喰いしばって、かすかに眼を見開いたのは、薄穢《うすぎたな》い海員服の男、金筋の肘《ひじ》が破れて頬《ほお》に血が滲《にじ》んでいる。いうまでもなく風間伍六だ。

「木下《きのした》さん、ともかく家へお連れしてちょうだい」

と、運転手に命じておいて、令嬢は自動車の中を振り返ると、

「史郎《しろう》さん、何をぼんやりしてるのよ。あなたも降りてきて手伝ったらどう？」

「なあに、大したことはありませんよ、珠実《たまみ》さん、木下にまかせておけばいいでしょう」

「何を暢気《のんき》なことといってらっしゃるのよ。こんなにお怪我をさせてすまないわ」

「だって、あんなにサイレンを鳴らしたのに、避《よ》けないのだから向こうの方が悪いんですよ」

いいながら、それでものろのろと自動車の中から這《は》い出したのは恐ろしく背の高い男。ひどい近眼《ちかめ》と見えて度の強い眼鏡をかけているのだが、風間はその男の姿を見たとたん、思わずどきりとした。確かに昨夜、橋桁《はしげた》のところに佇《たたず》んでいたあののっぽなのだ。

「知らない。あなたみたいな不人情な人に、もう頼みやしないわ。熊野《くまの》さん、熊野さ

んはいなくって？」

　珠実が大声で叫ぶと、新城家の玄関からそそくさと出てきたのは、これまた昨日のモルモット。

「どうしたんです。珠実さん」

「人を轢《ひ》いちゃったのよ。あなた木下に手をかして、この方を、うちへお連れしてちょうだい。あたし大急ぎで山県《やまがた》さんに電話かけてくるわ」

　急ぎあしで玄関の中へ駆けこむのは、いわずと知れた新城家の令嬢——というよりは今では女主人の珠実なのだ。

「熊野君、いいよ、いいよ、僕がやるから」

「いいえ、珠実さんの命令だから、こいつは僕の仕事ですよ」

「なに、いいんだ、いいんだ、僕こそ最初からの係りあいなんだから、君は引っ込んでいたまえ」

　争いながら、風間のそばへ寄った二人は、ほとんど同時に、あっと小さい声をあげた。

「おや、史郎さん、あなたこの男を知ってるんですか」

「知るもんか、こんな男。——熊野君、君こそこいつを知ってるんじゃないか」

「知りませんね、ま、ともかく二人で仲よく担《かつ》ぎ込もうじゃありませんか。ぐずぐずしてると、また珠実さんの逆鱗《げきりん》に触れますぜ。どっこいしょと」

風間は心の中で笑い出したくなった。昨日自分に殴《なぐ》り倒された男、それからひそかに自分を監視していた男、その二人に介抱されることになったものだから、この奇妙な廻《めぐ》り合わせに、思わず失笑しそうになったことだ。

しかし、奇妙な廻り合わせは、ただこれだけではすまなかったのだ。豪奢《ごうしゃ》な一室に担ぎ込まれた風間は、間もなくそこへ、鞄《かばん》を下げてそそくさと入ってきた医者を見ると、思わずあっとばかりに心中一驚《きょう》を喫したのである。

背のひくい、デブデブと肥満した男、まぎれもない、昨日、河向こうから彼を狙撃《そげき》したあの射撃手ではないか。

「令嬢は――珠実さんはどこにいますか」

怪我人よりも先に、令嬢のことを尋ねるなんて、この医者もよっぽど変わっている。

「珠実さんは向こうでお化粧中ですよ」

「ふふん、すると珠実さんには別に怪我はなかったんですな」

「大丈夫、あの人は相変わらず悪魔みたいにピンピンしてまさあ。とにかく怪我人を見てやってください」

「どれどれ」

仔細《しさい》らしく小首をかしげて風間の側へ寄ってきた医者は、その顔を一瞥《ひとめ》見ると、思わずあっと顔色をかえた。子供のような赧《あか》ら顔《がお》がいっぺんに真っ白になって、唇《くちびる》がわなわなと震《ふる》えた。

のっぽの史郎はそれを見ると、にやにやと微笑《わら》いながら、

「先生、先生はこの男を御存知ですか」

「さあてね、どこかで見たこともあるような気がしますが、一向思い出しませんな。とにかく傷を見ましょう」

「フーム」

と、深い吐息を吐きながら、風間はその時はじめて眼を見開いた。

「どこか痛みますか」

「ええ、右の踝《くるぶし》が少し——。あ」

「ああ、肋《あばら》を打ったのですね。そのまま、そのまま、だれか上衣《うわぎ》を脱がせてやってください」

言下に秘書の熊野がそばへやってきて、風間の上衣を脱ぐのを手伝ってやったが、その時彼は妙なことをやったものだ。上衣の中ポケットにある紙入れを抜きとると、素早くそいつを自分のズボンに突っ込んでしまったのである。

むろん、だれ一人そんなことに気付く者はいない。医者は仔細らしく風間の傷を調べると、

「ふむ、右脚を捻挫《ねんざ》していますね。肋の方は大したことない。なあに、二、三日湿布しておきになればすぐ快くなりますよ」

そこへ、着更《きが》えをすませて珠実が、花のような姿を現わした。

「山県さん、御病人、どう？」

「あ、珠実さん」

山県医師は相好《そうごう》を崩して、

「あんた、どこも怪我はしなかったかね」

「あたしのことはどうでもいいのよ、こちらどうと訊《き》いてるのよ」

「いや、大したことはありませんな。三日も寝てれば快くなるでしょう」

「まあ、よかった」

珠実はほっとしたように、

「あなた、すみません。痛かったでしょう」

珠実の、誠意にみちた美しい眼差《まなざ》しに会うと、風間は思わずへどもどして、

「いえ、なに、大したことありません」

「とにかく、自動車でお送りしますわ。お宅どちらでございますの」

「僕——僕ですか、僕、弥生アパートにいるんです」

「弥生アパート？　じゃすぐそこね。あたしお送りして行こうかしら」

「エヘン、エヘン」

その時、史郎が急に意味ありげな咳払《せきばら》いをしたので、珠実はぐいと眉《まゆ》をあげると、

「いいわ、熊野さんに送っていただくわ。あなた、いずれお見舞いにあがりますけど、お名前、何んとおっしゃいますの」

「僕ですか、僕は風間というんですが、そんな御心配には及びませんよ」

「いいえ、明日にでもお見舞いにあがりますわ。そうしなければあたし気がすみませんもの。じゃ熊野さん、お願いしてよ」

そういいすてると珠実は、ほかの三人には見向きもせずに、さっさと部屋から出ていってしまった。そのとたん風間は、ふいに掌中の珠《たま》をもぎ奪《と》られたような気がしたことである。

風間伍六ピアノを弾ずる事

珠実はその翌日、約束どおり花束を持って風間を見舞いにやってきた。いやその翌日ばかりじゃない。その次の日も、またその次の日も、毎日のようにアパートへやってきた。彼女は物にかかわらない、朗らかな性質だったから、すぐ風間と友達になってしまった。

「あたし、こんなに毎日やってきて、御迷惑じゃありません？」

「どうしてです、迷惑どころかほんとうにありがたいですよ」

「そう、そんならいいけど、――史郎さんたち嫌味《いやみ》ばかりいうの」

「史郎というのはあの背の高い人ですね、あの人はどういう人ですか」

「あの人、あたしの又従兄《またいとこ》になるのよ。だけどうるさいたらないわ。あの人ばかりじゃない。熊野さんだって、山県さんだって、男ってどうしてあんなにうるさいんでしょう」

「うるさいってどううるさいんです」

「どうって、やっぱりうるさいのよ。だから、あたしいっそう反抗して、あなたのところへ遊びにくるのよ」

してみると、彼らはなるべく珠実を風間のもとへ近づけないように画策しているらしい。

「僕もそのうち、だんだんうるさくなるかもしれませんよ」

「ほほほほ、お馬鹿さんね」

珠実は声を立てて笑ったが、ふと思い出したように、

「そうそう、忘れてた。あなたこの間、紙入れを落としたでしょう。熊野さんが拾っておいたの頼まれたから持ってきたわよ」

「ああ、そう、ありがとう」

「あなた、中を調べなくてもいいんですの」

「大丈夫、別に大事なものは入っちゃいません」

風間は無造作《むぞうさ》にいったが、しかし、その時彼は気付かなかったのだ。彼にとって非常に大切なものが、一枚、熊野の手によって抜きとられていることに、その時、風間は気がつかなかったのである。

「時に」

と、珠実は部屋のなかを見廻しながら、

「この部屋には立派なピアノがありますわね。あなたがお弾《ひ》きになりますの」

「ええ、ほんの少々」

「ねえ、あたしに聞かせてちょうだいよ。あたし、この間からいちどお願いしようと思ってたのよ」

「駄目《だめ》ですよ。あなたなんかに聞いていただけるようなものじゃありませんよ」

「いいじゃありませんの。そんな出し惜しみをしなくっても、ああ、分かった、あなたお小夜さんのほかには、誰にも聞かせないってわけなんでしょう」

「お小夜？　はははは」

風間は思わず、あの幅のひろい、豊かな声を出して微笑《わら》うと、

「いつの間に名前を覚えたんです」

「知ってますわ。あの人、いつでもあたしの顔を見るといやな表情《かお》をするんですもの。だから、意地にでもあたし、聞かなきゃおかないわ。さあ、何か聞かせて」

風間にとっても、この美しい令嬢のまえでピアノを弾くということは決して悪い気持ちではなかった。たった一度会っただけで、こんなにまで、自分を惹《ひ》きつける女、そしてたった一度会っただけで、こんなにまで、自分に親愛をかんじてくれる女——風間はその時甘い、桃色の夢の中にいるような気がするのだ。

「それじゃ、ひとつ拙《まず》いところを聞いていただくかな」

風間はまだ痛む足を引きずって、ピアノに向かった。と、たちまち、その指先から歔欷《すすりな》くような、甘い旋律が流れ出してきたのだ。珠実は窓に腰をおろしたまま、風間の指先を熱心に見つめていたが、やがてしだいに恍惚《こうこつ》としてその曲のなかに引きこまれていった。

甘い、香《か》ぐわしい匂《にお》い、ほのかなる郷愁、はろばろとした空の色。——珠実はうっとりとして、眼に涙さえうかべて聴き入っていたが、やがてその一曲が終わった時、

「まあ、素敵！」

ぽうっと瞼《まぶた》の縁《ふち》を染めながら、

「あなた、だれにお習いになったの」

「だれに？　なあに、船に乗っている時、つれづれにひとり稽古《けいこ》をしたんですよ」

「嘘《うそ》！」

珠実がふいに鋭い声でいった。

「嘘？」

「嘘だわ。あたしそんなに素人《しろうと》だと思われたくないわ。あなたの指の動きを見ていれば、あなたの技倆《うで》がどんなものかよく分かるわ」

珠実は急に、大きな眼を見張って、疑わしそうに風間の姿を見つめながら、

「あたし、あなたが分からなくなったわ。あなたは船乗りだとおっしゃる。そうかもしれないわ。またそうでないかもしれないわ。だけど、いずれにしてもあなたは紳士よ。史郎さんや、熊野さんや、山県さんよりも紳士よ。だからあたし、あなたが好きになりかけていたの。だけど、だけど、嘘をつく人嫌《きら》い」

そういったかと思うと、くるりと踵《くびす》を返して、そのまま、相手に物をもいわせずドアの外に出てしまった。そしてそれきり、姿を見せなくなった。

風間は取り返しのつかぬ失策を演じたような気がし、また、とうとう猫眼石の指環のいわれを聞く機会を取り逃がしたと思ったが、しかし、それから三日ほどのちに、意外にも、彼女から一通の手紙が舞いこんで来たのである。

このあいだは失礼しました。気を悪くしていらっしゃらなくって。それはとにかく、今度の土曜日、宅で仮装舞踏会を催しますの、亡父《ちち》の銅像が竣成《しゅんせい》したお祝いなのよ。よかったら御出席なさいませんか。

その手紙と一緒に、立派な鳥の子の招待状がはいっていた。

風間はこの冷淡とも見えるし、情《じょう》のこもっているとも見える手紙を、いくどもいくども読み返しすると、何んだかあの聡明《そうめい》なお嬢さんに手玉にとられているような、一種、甘い快感を覚えたことである。

竪琴《たてごと》を弾くアポロの像の事

さて、いよいよその仮装舞踏会の夜のことだ。

さすがに生前、徳望の高かった新城博士の慰霊祭だけあって、会はなかなか盛大だった。しかし、さすがに会の性質が性質だけに、老人の数はいたって少なく、客の大半は若い男女で、したがって会場はいやがうえにも華やかでにぎやかだった。

風間と同年輩の若者も多く、めいめい数寄《すき》をこらした扮装《ふんそう》をしていたが、しかし、平凡な海軍士官の制服をつけている風間ほど、すっきりとして、魅力的な姿はほかにちょっと見当たらなかった。実際、風間は背が高く、肩幅がひろく、腕も長くたくましかったので、金筋の入った海軍士官の扮装は、彼にはうってつけのもので、堂々として、四辺《あたり》を圧するの概があった。

「やあ、やってきたね」

馴染《なじ》みの薄い風間が、ホールの片隅《かたすみ》にぼんやりと立っていると、人混みをかきわけて、突如、彼のまえに立ちはだかったのは山県医師、ビール樽《だる》のように肥満した体に、道化師《どうけし》の服をつけているのが、いかにもよく似合って、これまた己れを知るといった扮装なのだ。

山県医師はにやにやと気味悪く微笑《わら》いながら、

「どうだね、その後、怪我《けが》のほうは？」

「いや、脚のほうは快くなりましたがね、この間、狙撃《そげき》されたところが、ほら、こんなに跡がのこっていますよ」

黒く火薬でやかれた指先を見せると、山県医師はぎょっとしたように眼をすぼめたが、すぐせせら笑うように、

「だからさ、あまり出過ぎた真似《まね》をするんじゃないというのさ」

と、いってから急に声をひくくすると、

「おい、例のものはどこへやった」

「例の物？」

「指環さ、持っているだろう。こちらへ渡せ」

「ははは、何んのことをいってるんです。指環なら、ここに一つ嵌《は》めていますがね、これがどうかしましたか」

平凡な金の指環を抜いてみせると、とつぜん、山県医師は怒った海豹《あざらし》のように髭《ひげ》を逆立《さかだ》てて、

「畜生、覚えてろ！今にその指先よりも、もっと大きな火傷《やけど》をするぞ」

山県医師が、ブルドックみたいな尻《しり》をふりながら、のっしのっしと立ち去ると、すぐそれと入れ違いに秘書の熊野が現われた。これは普通のタキシードを着ただけで、別に変わった扮装をしているのではなかったが、その黒いネクタイのために、蒼白《あおじろ》い顔がいっそう蒼白く見えるのだ。

「やあ、よく来ましたね、いかがです、お怪我のほうは？」

この男はていねいな口の利き方であればあるほど、いっそう気味が悪いのである。

「いや、ありがとう、僕のほうは大したことありませんがね、君こそどうです。あ、頬《ほっ》ぺたがまだ少し紫色になっているじゃありませんか」

熊野はふいに、針に触《さわ》られた豪猪《やまあらし》のようにピンと体を固くしたが、すぐまた、白々《しらじら》しい愛嬌《あいきょう》笑いをうかべると、

「いやあ、なに、何んでもありません。時に風間さん、今夜はゆっくりしていらっしゃい。いまに面白い芝居が始まりますよ」

そういいすてると、すたすたと人混みの中にまぎれこんでしまった。

「ふふふ、こいつはいよいよ面白くなってきたが、ところで、もう一人の奴はどこにいるかな」

見廻すと、いたいた、ひときわ、背のたかいのっぽの史郎が、群衆の向こうから冷笑するように、じっとこちらを見つめているのだ。おそらく、メフィストフェレスのつもりだろう、ぴったりと肉に喰い入るような黒いコスチュームを身につけて、その眼は敵意と憎悪に充《み》ち満ちているのだ。

「あら、こんなところにいらしたの」

その時、ふいにうしろから軽く腕に手をふれた者があるので、振り返ってみると、珠実が笑《え》み崩れそうに立っている。昔の西洋のお姫様みたいに、ひだの多い古風なスカートに、大きな羽毛扇《はねおうぎ》を持っているのだが、こよなく愛らしく見える。風間は思わず眼を輝かせて、

「あ、こいつは素晴らしい」

と呼吸《いき》をのむようにして叫んだ。

「あら、お口のうまいこと。あなたこそ、とても立派よ、時に風間さん、さっき、熊

野さんと何か話していらしたわね。あの人、何かいっていて？」

「いいえ、別に……何んだか、今夜面白いお芝居がはじまるようにいってましたよ」

「お芝居？」

珠実の美しい面には、ふいと不安の影がさした。彼女は思わずせき込んで、

「風間さん、あなた気をおつけにならないといけませんわ。あの人、何かよくないことを企《たくら》んでいるにちがいありません。風間さん、あなた、何か……」

と口籠《くちご》りながら、

「あの人に、弱点でも握られているんじゃありません？」

「弱点？　僕が？　それはどういう意味ですか」

「どういう意味だか、あたしにも分かりません。でもあの人このあいだからしつこくあたしに、あなたという人は、とても恐ろしい、――つまり、刑法上の罪人だから、あまり近寄っちゃいけないというんです。あなた、憶《おぼ》えがあって？」

「刑法上の罪人？　さあてね」

風間はいまこそあの奇怪な指環のことを切り出すべきときだと思った。そして、今にもそれを口に出しかけたが、その時ふいに湧《わ》き起こってきたオーケストラの音が、たちまち彼の言葉を掻《か》き消してしまったのだ。

それから半時間あまり、風間は人生においてもっとも楽しい時間を過ごした。珠実

はそれ以上、さっきの問題を追及しようとはせず、たてつづけに彼と踊って、決してほかの男からの申し出に応じようとはしなかった。彼は有頂天《うちょうてん》になってステップを踏みながら、ふと思い出したように、

「珠実さん、僕はさっきから聞こう聞こうと思っていたのですが、ほら、あのホールの隅にある塑《そ》像《ぞう》ですね、あれはなんですか」

それは竪琴《たてごと》を手にして歌っている、等身大のアポロの像だったが、風間はなぜか、このホールへはいってきた時から、その像に気を惹《ひ》かれているふうだった。

「あれ、アポロよ、でも、あれがどうかしまして」

「いや、あまり立派なものですから」

「そうね、あれをこしらえたかた、とても偉い塑像家なんですの。それに、あのモデルになった方は、とても有名な方……」

いいかけて、珠実はふいにステップを乱した。

「あら、あたし、どうしましょう」

「え？　どうかしましたか」

「だって、だって、あのアポロの顔、あなたに生き写しなんですもの」

だが、その時ふいにホールの一方で、けたたましい男の叫び声が聞こえたので、彼らははっとして立ち止まらねばならなかった。

「たいへんだ、たいへんだ。この中に泥棒がいるぞ」

秘書の熊野の声だった。その声に一同が思わずしいんと立ち止まったとき、

「猫眼石の指環を盗まれたのだ。その指環を持っている奴が泥棒なのだ」

風間はそれをきくと、思わずどきりとして胸のポケットをおさえたが、それよりも、もっと驚いたのは珠実だった。彼女は一瞬間、紙のように蒼《あお》ざめて、思わず風間の腕のなかで倒れそうになったのである。

カードをめぐる三人の求婚者の事

熊野の話によるとこうなのだ。彼は猫眼石の指環を鎖につけて、胸にブラ下げていたのだが、今見ると、その鎖が切れて指環が紛失している。てっきりこの中に掏摸《すり》か泥棒が混じっているというのだ。ホールの中には、たちまち世にも不面目《めんもく》なことが起こった。山県医師と史郎の自発的な申し出《い》でに追従して、人々はいっせいに身体検査をされることになったのだ。

その時、風間と珠実のふたりは例のアポロの像のまえに立っていたが、そこへ熊野と山県医師と史郎の三人が、残酷な冷嘲《れいちょう》をうかべながら近付いてきた。

「風間さん、お気の毒だが検《しら》べさせてもらいますよ」

「お待ちなさい」

珠実がふいにさえぎると、

「熊野さん、あなたあの指環を持っていたなんて、ほんとうのことなの？」

「ほんとうですとも、とにかく退《の》いて下さい。風間さんだけを除外するわけにいきませんからね」

熊野がさっき、面白い芝居といったのはこのことだったのだ。彼はにやにやしながら、手早く風間の身体検査をしたが、しかし、不思議なことには、風間の体のどこからも、あの指環を発見することはできなかった。

熊野はしかし、失望したような顔はしなかった。

「風間君、ちょっと紙入れを見せてくれたまえ」

風間が取り出した紙入れの中から、抜き取るふうをして、その時、素早く熊野は手の中に持っていた一枚の紙片をひろげて見せた。いうまでもなくそれはこの間、彼がひそかに風間の紙入れから抜きとっておいたもので、古い新聞の切り抜きなのだ。

「おや、おや」

熊野はその切り抜きに目をとおすと、びっくりしたような顔をしてそれを山県医師に渡した。山形医師もそれを読むと、顔をしかめて、すぐ史郎に渡す。史郎は意地悪そうな眼で、それを読んでいたが、

「珠実さん、珠実さん、面白いものを風間君は持っていますよ。ちょっと読んでごらん」

珠実は何気なくそれに眼を通したが、次第に彼女の顔色は蒼ざめていった。そこにはだいたい次のような記事が出ているのだ。

(基隆《キールン》電報)昨夜当地において残忍極まる殺人事件が突発した。被害者は××丸船長磯貝剛《いそがいたけし》氏ならびに夫人かま子の二人で、二人とも鋭い兇器で咽喉《のど》をえぐられ即死していた。犯人はかねて夫人の美貌《びぼう》に懸想《けそう》していた同船の二等運転士、桑原《くわばら》某なる見込みにて、当局では目下その行方《ゆくえ》厳探中。

「風間さん！」

真蒼《まっさお》な顔で珠実が詰問した。

「あなた、この記事に憶えがあって？」

彼女はむろん相手の否定を期待していた。しかし、ああ、なんということだ。風間は悄然《しょうぜん》と首うなだれると、断罪を待つように溜息《ためいき》を吐いたではないか。

珠実は思わずよろめくと、その手からひらひらと新聞の切り抜きが舞い落ちた。

「行ってください。出ていってちょうだい。この人たちが警官を呼ばないうちに。

──」

風間は静かにその紙片を拾いあげると、もう一度珠実の顔を、哀願するように見たが、しかし、相手の憎悪と、軽蔑《けいべつ》に燃ゆる眼を見ると、悄然としてそのホールから出ていったのである。

外は深い霧だった。

風間はその霧の街を夢中になって歩き廻った。彼の胸はふかい絶望と、失恋の痛手でズキズキと痛んでいる。彼はいく度か溜息を吐き、酔漢《よいどれ》のような歩調《あしどり》で霧の街を歩いた。

ふと気がつくと、彼はいつか新城家の表まで来ているのだ。見ると、どう結末がついたのか、人々が三々伍々《ごご》と帰っていくのが見える。彼はいく度か、もう一度その玄関から上ろうかと思ったが、さっきの鋭い珠実の眼差《まなざ》しを思うと、たちまちその勇気も抜けるのだった。

と、その時、彼は夢中になっていまだにさっきの紙片を握りしめている自分に気がついた。

「畜生ッ！」

風間は自暴自棄《やけくそ》になって、その切り抜きをひき裂こうとしたが、（基隆電報）というあの字が眼につくと、急に彼はぎょっとしたように眼を光らせた。それから、あわてて霧の街灯の下にかけ寄ると、大急ぎでその記事に眼を通したが、何を思ったのか、爆発するような笑い声が、とつぜん、その唇《くちびる》から洩《も》れて来たのである。

実際彼は腹をかかえて笑った。気狂《きちが》いのように笑った。涙さえうかべてころげた。そして、その笑いがおさまると、急にきっと唇をかみしめ、まっしぐらに玄関のほうへ突進して行ったのである。

ところが、ちょうどその時、ホールの一隅《ぐう》ではたいへん、奇妙な場面が進行していたのである。客が去って、がらんとした部屋の一隅に、真っ蒼な顔をして突っ立っている珠実を囲んで、山県医師と熊野秘書と、又従兄《またいとこ》の史郎の三人が、黙々として、敵意に充《み》ちた眼を見交わしているのだ。見ると、彼らのまえにあるテーブルのうえには、ひと揃《そろ》いのカードが積んであった。

「いいかね。ハートのクイーンを引いた者が、珠実さんの花婿になるんだ。今度こそいざこざなしだぜ」

弱々しい口調でいうのは道化《どうけ》服《ふく》の山県医師。

「珠実さん、君も異存はあるまいね」

メフィストの史郎が意地悪そうにいった。

「そうですとも、あの大切な指環をなくしたのは珠実さんの責任だから、今度こそ否《いな》やはいわせませんよ」

秘書の熊野が舌なめずりをしながらいう。

やがて山県医師が最初の一枚をめくった。次に史郎が、最後に熊野秘書がそのカードをめくる。彼らはしだいに亢奮《こうふん》し、汗ばみ、息込んでくる。ああ、なんということだ。彼らはカードの籤《くじ》によって珠実さんの花婿をきめようというのだ。

山県医師がまためくった。それはクイーンだったので、彼は思わず身顫《みぶる》いしたが、残念ながらハートではなかった。史郎が指をふるわせながら、カードに手をつけた。

と、その時、

「止《よ》せ！」

と、叫びながら、ホールの中に躍り込んできた風間が、いきなりそのカードを突き崩すと、

「いったい、これはなんの真似《まね》だ」

「あ、風間さん」

珠実は眼に涙をうかべながらも真っ蒼になった。山県医師はぎょっとしたが、すぐ太々《ふてぶて》しいせせら笑いをうかべると、

「何んだ、君か。君は警察へつき出されなくて、またここへ引っ返してきたのかい」

「馬鹿野郎。君たち――君も珠実さんも誤解しているんだ。僕はいますぐ、その誤解を晴らすことができる。しかし、珠実さん、これはいったいどうしたというんです。

この人の皮を着た畜生どもは一体あなたをどうしようというのです」

「風間さん」

ふいに、珠実の眼から、ハラハラと泪《なみだ》が落ちてきた。

「この人たちは、籤であたしの結婚相手を極《き》めようというんですの。そしてそれが父の遺言だというんですの」

「お父さんの遺言――? そ、そんな馬鹿な!」

「お話ししますわ。聞いてちょうだい」

珠実は蒼ざめた顔に弱い微笑を浮かべながら、

「父の生前、この人たちはしつこくあたしとの結婚で父を責め立てていたんですの。父は持てあました揚句《あげく》、その臨終の時、あたしの指に猫眼石の指環を嵌《は》めて、だれでもいい、どんな手段ででも、この指環を珠実から取りあげたものが、彼女《あれ》の婿だといったんです。父はたいへん偉い学者でしたけれど、臨終の間際《まぎわ》ですもの、きっと頭が変になっていたのにちがいありませんわ。でも、この人たち、それが亡父《ちち》の遺志だといって、何んとかしてあたしの指からその指環を奪《と》ろうとします。あたし、あまりうるさいものだから、このあいだ、亡父の銅像除幕式の時、指環を花火のなかに入れて打ち揚げてしまったんです。そして、だれでも今夜の仮装舞踏会の果てたとき、その指環をはめて、あたしのまえに現われた人と結婚すると約束したんですの」

「それで、だれかその指環を見つけてきましたか」

風間は思わず呼吸《いき》を弾《はず》ませる。

「いいえ、だれも——そしてあたしが故意に指環をなくした以上、籤で花婿を極めるよりほかにないというのです」

「はははは」

風間がふいに陽気な笑い声を立てたので、三人の男たちはいっせいに、怯《おび》えたような眼をして、彼の顔を——そして彼の指を見た。

「珠実さん、御安心なさい。あなたはこの獣たちと結婚しなくてもいいのです。あなたと結婚する権利を持った者はほかにあります。しかしそいつはこの獣とちがって、決してそれをあなたに強請するようなことはありません。御覧なさい、あのアポロの指を。——」

一同の眼は、期せずして、いっせいにあの竪琴《たてごと》をかなでているアポロの指を見た。と、どうだ、そこにはあの猫眼石の指環が燦然《さんぜん》と輝いているではないか。

「さあ、これであなたの方の問題は解決しました。あなたがあの塑像と結婚なさろうとなさるまいと心のままです。つぎに僕の弁明をきいていただきましょうか」

彼はさっきの切り抜きを取り出すと、

「珠実さん、あなたがさっき読まれたのはこの基隆《キールン》電報という奴でしょう。ところが、僕はこの記事とはなんの関係もないのです。ではなぜ僕が大事そうに、この切り抜きを持っていたかといえば、実は、この記事の裏側にある、ほらこっちのほうの記事なんですよ」

風間はくるりと切り抜きを裏返しにすると、

「これを読んでくだされば、僕がどういう人間だか分かります。読んで見ますから聞いてくださいますか」

風間はそこで、あの幅のひろい声で、一句一句に力をこめてしっかりとその記事を読みあげた。

「いかなる天才といえども、精進《しょうじん》と自重《じちょう》なくんばその天才もやがて泥土《でいど》に等しいという実例を、今夜の椎名《しいな》弦三《げんぞう》氏の独唱会がまざまざとわれらの前に示してくれた。弱々しいかすれた声、醜い呼吸《いき》切れ、狂った音程、嗚呼《ああ》われらのテナーともてはやされた昔日《せきじつ》の椎名弦三氏の面影いずこ。頻々《ひんぴん》たる女出入り、度し難き飲酒癖、無秩序極まる生活態度、椎名氏はかくして今宵《こよい》、自ら拓《ひら》いた終焉《しゅうえん》の挽歌《ばんか》を聴衆のまえに披露《ひろう》したのである」

読み終った風間は悲しげに珠実を見ると、

「この手痛い批評家の槍玉《やりだま》にあげられた、哀れなテナーが、六年まえのかくいう私なのです。しかも、この批評は間違ってはいませんでした。もっともっと手《て》酷《ひど》い筆誅《ひっちゅう》を加えられてもいいほど、放蕩無頼《ほうとうぶらい》な私だったからです」

　風間はしずかにマッチをすると、その切り抜きを焼き捨てながら、

「この批評は私の胸を打ちました。私は翻然《ほんぜん》として自分の愚かさに気がついたのです。私は更生を誓い、人の奨《すす》めるままに船に乗って海へ出ました。そして六年間の荒々しい船乗り生活が再び、私に健康と昔日の咽喉《のど》を取り返してくれたのです。珠実さん、遠からぬ将来あなたはきっとテナー椎名弦三の復活を耳にするでしょう。その時こそ、私はあなたの側《そば》に戻《もど》ってくる勇気を持つことができるのです。それまでは、では、さようなら」

　風間は軽く一揖《ゆう》すると、くるりと背を向けた。しかし、事実をいうと、その時、珠実は彼をいかせなかったのである。後に伝えられたところによると、彼女は彼をひきとめ、そして次のように囁《ささや》いたということである。

「風間さん、待って。あたし今とても大切なことを思い出しましたわ。あのアポロの像のモデルになった人は、たしか椎名弦三という有名なテナーだったのです。そして、あの像が今夜、猫眼石の指環を嵌《は》めていたということは、取りも直さず、モデルであるあなたが嵌めていたも同じことですわ。だから、だから――」

　彼女は汗ばみ、頬《ほお》を紅《あか》らめ、そして哀れな三人の求婚者たちは、完全にその存在を無視されてしまったということである。

物言わぬ鸚鵡《おうむ》の話

今から十五、六年もまえのことです。

当時、まだ学生だった私は、学校の都合《つごう》から、阪神《はんしん》沿線の住吉《すみよし》に、マヤという口のきけない妹と二人で、小さい家を借りて住んでいたことがありました。

マヤは可哀そうな娘《こ》で、うまれつきの聾唖《ろうあ》ではないのですが、幼い時に烈《はげ》しい熱病を患《わずら》ったのがもとで、それ以来、発声機能に故障が起こったのか、舌がもつれてうまく口をきくことができないのです。

その時分のこと、友人のSという男が、ある日、一羽の鸚鵡《おうむ》を私たちのところへ持ってきてくれました。話というのは、この鸚鵡に絡《から》まる一場の物語なんです。

「マヤさんが淋しいだろうと思って、神戸で見つけてきたんだがね。追い追い仕込んでやりたまえ。うまく口がきけるようになったら、マヤさんのいいお相手になるぜ」

そういってSは立派な鳥籠《とりかご》にはいった鸚鵡をおいていってくれましたが、さて、この鸚鵡というのが、Sの好意を裏切って、われわれがどんなに骨折って教えても、ひとことも言葉を憶《おぼ》えようとしないのです。いや、言葉どころか、ふつうの鳴き声さえ立てません。つまりこの鸚鵡はまったくの唖《おし》なのです。

「マヤ、この鸚鵡は君と同じだね。美しいけれど、物をいうすべを知らない」

私たちは思わず顔見合わせて苦笑しましたが、物をいわぬのも道理、それから二、三日たって、マヤがたいへんなことを発見しました。

「兄《に》イサン、コノ鸚鵡ガ口ヲ利カナイワケガ分カッタワ。コノ鸚鵡ニハ舌ガナイノヨ」

ある日、マヤがこんなことを言い出したのです。むろん、それは私たち兄妹《きょうだい》の間だけしか意味の通ぜぬ仕方噺《しかたばなし》でしたけれど。

「なんだって、鸚鵡に舌がないんだって？」

私は驚いて、鸚鵡の口の中をしらべてみましたが、なるほど、舌が半分ほどのところで千切《ちぎ》れていて、これではいくら言葉を教えても無駄《むだ》なことは分かりきっています。

マヤはそれ以来すっかりふさぎ込んでしまいました。一体マヤとＳとは、かねてから相愛《そうあい》の仲だったのですが、そのＳから贈られた鸚鵡の舌が、切断されている。そのことが、マヤには何かしら悲しい暗示となって、彼女はすっかり打撃をうけてしまったらしい。Ｓもそれを知ると、自分の軽率な過失を恥じて、いろいろ彼女を慰めたり、力づけたりするのですが、一向効果がありません。

さあ、こうなってくると、私は切断された鸚鵡の舌について、そのままではすまされないものを感じてきました。そこである日、Ｓに聞いて、彼がその鸚鵡を買ったという、神戸の鳥屋へ出かけていきました。どうして、鸚鵡の舌が切断されたか、その原因を調べてみて、それがいくらかでも、マヤの憂鬱《ゆううつ》を晴らすよすがにでもなりはしないかと思ったからです。

聞いてみるとその鸚鵡というのは、K町に住んでいる、若い婦人から籠ごと買ったのだということでした。

「へえ、あの鸚鵡にゃ舌がなかったのですか。そいつは初耳です。道理で、おしゃべりをしない鳥だと思っていましたよ」

「そんなことはどうでもいいんだ。それより、そのことで、ちょっと、その婦人に会ってみたいんだが、どうだろう」

「それは造作《ぞうさ》ありませんやね。会おうと思やいつだって会えまさあ」

鳥屋の番頭がにやにやしながら話すところによると、相手というのが、どうやら、この港町《みなとまち》に巣喰っている一種のいかがわしい職業の女らしい。これには私も辟易《へきえき》しましたが、思いきってそれから二、三日たったある夜、とうとう、私はその女のところへ出かけました。

女の名は柚木《ゆずき》まゆみといって、ちょっと混血児のような感じのする女で、表向きは、至極堅気《しごくかたぎ》のように構えている。むろん、私は客のような顔をして、さる手引きによって出かけていったのですから、向こうでもそのつもりのもてなしです。

なにしろ、当時は私も若かった。初めてそういう場所へ出かけていったものですから、すっかり逆上《あが》ってしまって、そこでどのようなトンチンカンな応対があったか、いまから考えると冷や汗ものですが、とにかく、いろいろあった揚句《あげく》、女と二人きりになったと思ってください。そこで私は、いきなり今日の用件というのを切り出したんです。

「ねえ、君、僕が今日来たのは、決して遊びに来たんじゃないんだ。実は少し君に訊《たず》ねたいことがあるんだよ」

「あら、いやね。そんなに改まって。いったいどんなことなのよ」

「鸚鵡のことなんだよ」

何気なく私がそういったとたん、女の顔はとつぜん真《ま》っ蒼《さお》になりました。私は今でも、あの時の女の表情を忘れることができません。彼女はふいにスックと立ち上がると、いまにも私に飛びかかってきそうな気配さえ示したのです。その態度があまり恐ろしかったものですから、私はあわてて、早口に言いました。

「だれが鸚鵡の舌を切ったのだね。何んのためにあんなことをやったんだね」

「あなたは——あなたは警察の方なの？」女は喘《あえ》ぐように訊ねました。

「いいや、そうじゃない。実は偶然のことから、あの鸚鵡を手に入れたものだが——」

と、私が手短かにSと妹のことを話して聞かせるあいだ、女は眼動《まじろ》ぎもしないで聞

いていましたが、ふいに、私の手を捕えると、

「さあ、こちらへいらっしゃい。ここはあなたの来るような場所ではありません。鸚鵡の話は、いずれ、分かる時がありますわ」

そういったかと思うと、女はいきなり押し入れの襖《ふすま》をひらいて床板《ゆかいた》をめくりあげましたが、驚いたことにはそこに、真っ暗な地下道みたいな孔《あな》があるんです。

「さあ、ここからお帰りなさい。この道は隣の古物商の店へ出ますからね。そこへ出たら、知らぬ顔して表へ出るんですよ。口をきいちゃ駄目《だめ》、よござんすか。妹さんによろしくね」

そういったかと思うと、女はさっき私の渡した金を、いきなり私のポケットにねじこんで、ぐいぐいとその抜け孔へ押し込んだのです。

全く狐《きつね》につままれたような感じというのは、その時の私の心もちでしたろう。私はあっけにとられて、ともかくその恐ろしい家から逃げ出しましたが、実は、その時、その女のおかげで、危く自分の生命が助けられたことを知ったのはそれから一か月ほど後のことです。

ある日私は新聞で、柚木まゆみという賤業婦《せんぎょうふ》が、亭主《ていしゅ》のマドロスの竹という男を殺害したという記事を読んで愕然《がくぜん》といたしました。

そして、この事件からして、はしなくも港町の裏にかくされた、世にも恐ろしい秘

密が暴露《ばくろ》したのです。つまり、マドロスの竹というのは、女房のまゆみを囮《おとり》に、男を引き寄せては、中に金のありそうなのがいると、人知れず殺害していたというのです。なにしろ、そういう場所へ出かける場合、だれだって、人に行く先を知らせてないものだから、頻々《ひんぴん》たる行方《ゆくえ》不明事件はあっても、その真相は今まで分からずにいたのでした。

ところがそうして殺された男の中に、ルイという日仏混血児の美少年がありましたが、まゆみはその少年ばかりは真実愛していたらしい。だから亭主に殺されてからも、ルイ、ルイとその名を呼びつづけているうちに、彼女の飼っていた鸚鵡がその名を憶《おぼ》えこんでしまったのです。

亭主のマドロスの竹もさすがに、鸚鵡の口から自分の殺した少年の名を聞くのが恐ろしかったのでしょう。鸚鵡の舌を切った揚句《あげく》、売りとばしてしまったのですが、それが廻《まわ》り廻って、妹のマヤを悲しませることになったというわけです。

妹ですか。妹はこの事件があってから間もなく、急性肺炎で亡くなりました。Ｓはいま確か蒙古《もうこ》のほうにいるはずですが、どうしていることやら……。

マスコット綺譚

一

「幸運の護符《マスコット》って、みんな馬鹿にするけれど、まんざらそうでもないわ。ほんとうにこのお護符《まもり》が、あたしに次から次へと幸運を呼びよせてくれるみたい、ふふふふ」

豪勢なキャデラックの深々としたクッションに、さも心地よげに身をうずめた早苗《さなえ》は、ひとりでに満足そうな、ひくい含み笑いが、唇《くちびる》のはじにこみあげてくるのをどうすることもできなかった。

無理やりに飲まされた、二、三杯の甘い洋酒の酔い、快いその陶酔《とうすい》が、自動車のかるい動揺につれて、しだいに全身にしみわたっていって、どうかするとおおごえをあげて唄《うた》い出したくなるような、浮き浮きとした衝動を、さすがに運転手のてまえもあることとて、やっとおさえつけている。そういういまの早苗なのである。

思えばこの一年のあいだに、何んという激しい変わりかたであろう。去年のいまごろは、アパートの払いにもびくびくしなければならなかった。

無鉄砲にも無断で家を飛び出してきて、お定《さだ》まりのスター志願、やっと撮影所へはいることはできたものの、つく役といっては、通りすがりの群集ばかり、撮影所からもらうわずかなお給金では、電車賃がやっとだった。

お化粧代はかさむし、いまいましいあのインチキアパートの部屋代には、毎月あたまを悩まさねばならなかったし、それやこれやで、田舎《いなか》からとびだしてきたころの、華々しい夢も、希望も自尊心も、すっかり泥まみれになってしまって、いくど、恥をしのんで両親に詫び状を書こうとしたか知れなかった。

それがいまはどうだろう。

青野《あおの》早苗といえば近ごろ売り出しの新進スター、この外套《がいとう》、この指輪、この装身具、そしていま乗っている、この乗りごこちのいいキャデラックだって、現在ではひとのものだけれど、気持ちのもちようひとつで、いつでも自分のものにすることができるのだ。

「まあ、よく考えておきたまえ。君みたいな職業をしている女は、だれだってひとりや二人、パトロンを持っているものだ、こういっちゃ悪いがね。それとも君は、この僕じゃ喰いたりないというのかい」

さっき、耳許《みみもと》でそう囁《ささや》いた内海《うつみ》の顔が、躍るように瞳《ひとみ》の底にやきついている。

「あら、そんなことありませんけれど」

甘えるようにそう答えたのは早苗だった。

「なら、いいじゃないか。何もそう考えこむことはないじゃないか」

「ええ、でも――」

どうせこの男のものになるにしても、そう易々《やすやす》と陥落したくない早苗の肚《はら》だった。引きずれるとこまで引きずって、さんざん男を焦《じ》らしておいて、それから話をつけたって遅くはない。一年あまりの経験が、これだけの手管《てくだ》を早苗に教えていた。

「話があまり急ですもの。お眼にかかってからまだ十日にもならないでしょう。それだのに、もうそんなことおっしゃって」

「信用できないというのかね」

「そうじゃないけど」

と、早苗はにんまり相手をにらみながら、

「あたしだって現在《いま》がいちばん大事なときでしょう、ここでしくじったらたいへんですもの」

「だからさ、君の仕事まで束縛しようたあ言やあしないよ。君のひまな時に、こうして一緒に遊んでくれりゃいいのさ」

「だって、変な噂《うわさ》がたっちゃ困るわ」

「そりゃ、お互いに気をつければいいさ。僕だって、君みたいな人のパトロンになったということが知れりゃ、ちょっと穏やかでないんだよ。御承知かもしれないが、僕は養子の身のうえだからね。おまけにかみさんときたらとてもこれだからね」

と、内海はちょっと額《ひたい》に角を生やす真似《まね》をした。

「ほほほほ、いやね、そんなに奥さんが怖けりゃお止《よ》しになればいいのに、男ってほんとに気紛《きまぐ》れね」

「いや、ごもっとも。その忠告は身にしみてきいておくが、ともかく今の話をよく考えておいてくれたまえ」

「ええ」

「今夜はおそいから自動車で送ろう。実はあの自動車だって君にプレゼントしようと思っているんだが」

と、そういうわけで、この素晴らしいキャデラックを、いま一人で駛《はし》らせている早苗なのだ。

　まったく彼女は、男に不服があったわけではない。内海というのは、有名な製糖会社の重役の宅へ、去年婿養子にはいった男だが、わずか一年ばかりのあいだに、すっかり売り出したほどの辣腕家《らつわんか》なのだ。若いけれど凄《すご》い男だというのが財界の定評なのである。男ぶりだって悪くはない。いや、あまり整いすぎて、髭《ひげ》を落とした仁丹《じんたん》みたいに、少し冷たすぎるのが気になるけれど。

　いっそ、あの人のいうままになってしまおうかしら。製糖会社の専務さんといえば、人に聞かれたって恥ずかしくないわ。

それにしても、ああ、何んという素晴らしい変化だろう。こういう素晴らしい変化を、自分にもってきてくれるのも、みんなこの大事なマスコット！

早苗は頸飾《くびかざ》りのはじにブラ下げた、卵形の縞瑪瑙《しまめのう》にそっと指を触れてみた。露をふくんだように冷たい、すべすべした瑪瑙の感触が、いくらか火照《ほて》った指先から、シーンと身内にしみ通る。

だが、その瞬間、早苗は瑪瑙の冷たさにもかかわらず、まるで指先に火傷《やけど》でもしたように、あわてて手をひっこめると、思わず激しく身ぶるいをした。

彼女の幸福な幻想は、酒の酔いとともに、一瞬にしてさめてしまった。紙のように蒼白《あおじろ》んだ彼女の胸には、みじめな恐怖と悔恨と不安が、ひしひしとこみあげてくる。

不思議なことには、このマスコットが自分に幸運をもたらしてくれると信じ切っていながらも、しかも、このマスコットに手を触れるたびに、いつも早苗はこうなのである。

彼女のマスコットには一つの秘密がある！

二

早苗のマスコットは、まえにもいったとおり、卵形をした縞瑪瑙でできていて、そのおもてには、奇妙な魔神《まじん》の顔が彫りつけてある。

その魔神にどういう意味があるのか早苗は知らない。人にききたいと思っても、きくことのできない早苗なのだ。

彼女はだれにもそのマスコットを見せないようにしている。一か月ほどまえのこと、某雑誌社から人が来て、各方面の人気者のマスコットを記事にあつかおうと思うのですが、あなたのマスコットは何んですか、と訊ねられたことがある。

早苗はその時のはずみで、つい大事なマスコットを出して見せた。見せたばかりか写真にまでとらせた。もっとも、その来歴については、口から出まかせにしゃべっておいたが、やがてその記事が、写真入りで雑誌にのったのを、彼女はいまだに、気に病んでいるのである。

早苗のマスコットは絶対に人に見せてはならないものなのである。それはこういう次第だ。

今から一年ほどまえ、早苗はまえにもいったとおり、しがないワンサガールの一人だったが、その時分、撮影所に君臨していたのが、歌川鮎子《うたがわあゆこ》という当時の人気スターなのである。

鮎子はどういうものか、まだ海のものとも山のものとも分からない早苗を、妹のように可愛がってくれた。はては、自分の弟子分にして、彼女ひとりが占領している、撮影所の楽屋に、早苗の見すぼらしい鏡台を持ってこさせたりした。

「あなたはきっと今に売り出せる人よ。いえ、ほんと。あたしだって長いあいだこの稼業《かぎょう》をしているんですもの分かるわよ。あなたは真面目《まじめ》で、ずいぶん熱心ですもの。どんな稼業だって、結局、ものをいうのは真面目さと熱心さよ。見ていらっしゃい。いまに役がつくから」

鮎子はそういって、ともすれば滅入《めい》りがちな早苗を励ましてくれた。

その鮎子が、ある日ふたりきりのところで、ふと、謎《なぞ》のような微笑をうかべて、こんなことをいった。

「早苗さん、あたしずいぶん幸福そうでしょう。そう見えなくって？」

「ええ、見えますわ。いつも、とても幸福そうで、ほんとうにおうらやましいわ」

「そうでしょう。だけど、どうしてあたしがこんなに幸福になれたか、あなた知ってて？」

「あら、それどういう意味ですの」

「分からないでしょう。これにはひとつの秘密があるの。あなたしゃべらない？　しゃべらなければ教えてあげるけど」

「ええ、しゃべりません、教えてちょうだい」

早苗は笑いながらいった。

「あら、笑っちゃ駄目《だめ》よ、真面目な話よ。ほら、御覧なさいな。これがあたしの秘密よ」

と、いいながら鮎子が胸から取り出したのが、いま早苗の持っている、あの縞瑪瑙《しまめのう》の魔神なのである。

「あら、これ、何んですの？」

「あたしのマスコット」

「マスコット？」

「ええそう、幸運の護符《ごふ》よ。あらいやよ。変な表情《かお》するのねえ。真面目な話なのよ」

鮎子もいくらかくすぐったそうな表情をしながらも、こんな話をした。

「あなた、まえにこの撮影所で、飛ぶ鳥も落とすといわれていたほど、羽振《はぶ》りを利《き》かせていた里見《さとみ》淳子《じゅんこ》さん御存知でしょう。このマスコットは先にあの人のものだったの。あの人がジャンジャン売れている時分、あたしはちょうど、今のあなたみたいにワンサの一人だったのよ。ところがある時、この撮影所で宴会があって、その時、淳子さんすっかり酔っ払ってしまったの。あの方酔っ払うと、何んでも人にくれたがる癖があってね、その晩、側《そば》にいたあたしにこれを下すったのよ。ところがどうでしょう、その翌日、あたしに素晴らしい役がついて、それが認められたのがきっかけで、以来とんとん拍子じゃないの。ところが、これをあたしに下すった淳子さんはどうでしょう。それからだんだん悪くなって、しまいには監督さんと喧嘩《けんか》してとび出したのはいいけど、いまじゃ、田舎《いなか》廻りの剣劇の一座かなにかにいるという話じゃないの。分かって？　淳子さんは気がついていらっしゃるかどうか分からないけれど、このマスコットを手離したために、あの方の幸運があたしに廻って来たのよ。どう？　怖いものね」

　鮎子はその縞瑪瑙に頬《ほお》ずりしながら、

「だから、あたし、どんなことがあってもこのマスコットを肌身《はだみ》離さず持っているつもりよ。これがなくなったが最後、あたしの幸運は吹っとんでしまうんですもの」

　真面目な話か冗談か、よく分からなかったけれど、里見淳子の没落と、歌川鮎子の擡頭《たいとう》とが、ほとんど時期を同じゅうしていることは事実だった。もしそれがこの縞瑪瑙のせいだとしたら、自分も、こんなに霊験いやちこなマスコットを欲しいものだと、その時、早苗も考えたことだ。

　ところがそれから間もなくのこと、ある晩、撮影がおそくなって、くたくたになって自分の楽屋へかえってくると、鮎子の鏡台のうえに、そのマスコットが置き忘れられているのを発見した。鮎子はとっくに帰っていたのである。

（まあ、あんなに大事にしていながら、忘れていくなんて！）

　このマスコットをなくしたが最後、自分に不運が訪れてくるといった鮎子の言葉が思い出された。さぞ今ごろは心配しているだろうと思った。

幸い鮎子の宅へ寄ることは、そう廻りみちでもなかったので、早苗はそれを届けてやろうと決心した。

その晩のことを考えると、早苗はいまでもゾーッと血が冷えるような気がする。

鮎子の家は氷川《ひかわ》町の、女優の家というよりは、妾宅《しょうたく》といったふうな、瀟洒《しょうしゃ》な構えである。とても霧の深い晩で、うた川と書いた門燈が、ボーッと暈《ぼか》したように滲《にじ》んでいたのを早苗はハッキリ憶《おぼ》えている。

早苗がその門をひらこうとした時である。サクサクと門のうちがわから、砂利を踏む靴音《くつおと》が聴《きこ》えて来たかと思うと、ふいに中から、中折《なかおれ》帽子をかぶった男がとび出してきて、どんと早苗にぶつかった。

早苗もびっくりしたが、相手の驚きはもっと激しかった。あっと低い呻《うめ》き声をあげると、そのままくるりと顔をそむけて、風のように霧の中へ消えてしまったのである。

なにしろ一瞬の出来事だったし、それに濃い霧と、帽子のふちと外套《がいとう》の襟《えり》とで、早苗は相手の顔を見るひまもなかった。

彼女はしばらく呆然《ぼうぜん》としていたが、やがて気がついてクスクス笑うと、

「馬鹿にしてるわ。歌川さんは堅い堅いという評判だけど、やっぱり当てにならないものね。フフフ」

他人の秘密を握るということは楽しいことだったが、しかし、考えてみるとその復《ふく》讐《しゅう》が怖くもある。

「あら、とうとう見られちゃって？　弱ったわねえ」

と、笑ってくれればいいけれど、そうでなかったらちょっと困る。早苗はいっそ、今夜はこのまま帰ろうかと思ったが、しかしせっかくここまで来たのだ、それに自分の親切を見せておきたくもあったので、しばらく間《ま》をおいてから、彼女は何喰わぬ顔をして玄関へ立った。

「ごめんくださいまし、ごめんくださいまし」

二、三度訪《と》うたが、返事はなかった。それでいて電燈はあかあかとついているし、玄関には見憶《みおぼ》えのある鮎子の靴も並んでいる。

「ごめんくださいな。歌川先生、お休み？」

依然として返事はなかった。鮎子は寝てしまったとしても、婆《ばあ》やが起きていそうなもの、玄関も表の門もあけっ放しなのである。

早苗はふいと怖くなった。

このまま逃げて帰ろうかと思ったが、何かしら心惹《ひ》かれるものがあったのか、彼女の足はいつしか家の中へ引き寄せられて、勝手知った鮎子の居間をソッと覗《のぞ》いてみたのである。

そして彼女は見たのだ。

鮎子が頸《くび》を絞められて殺されているのを。しかも隣の部屋には婆やまで。

早苗は声を立てなかった。恐ろしさにガクガクと膝《ひざ》がふるえたけれど、彼女は歯を喰いしばって表へ出た。そして霧のなかをできるだけゆっくり歩いた。もっとも傍《そば》から見るとかなり変な歩きかただったけれど。

自分のアパートへ帰ってから、彼女ははじめて、まだあの縞瑪瑙を握りしめていたことに気がついた。すると、彼女は何んともいえぬ恐ろしさを感じて、思わずその魔神の首を畳のうえに投げ出したのである。

「このマスコットを忘れていったのが悪かったのだわ。あれが歌川さんの運のつきだったのだわ」

彼女は今夜のことを決してだれにもしゃべるまいと思った。何度も何度も警察へ呼び出されたりするのはいやだった。だれもあたしがあそこへいったことを知りはしないのだから、自分さえ黙っていれば分かりっこないのだ。

その時彼女は、魔神の首を自分のものにするつもりは毛頭なかったが、人に見られてはいけないと思ったので、わざわざ蟇口《がまぐち》の底を二重に縫って、その中へ鮎子のマスコットをかくしておいた。

ところがその翌日、何喰わぬ顔をした早苗が、蟇口をふところに撮影所へいってみると、思いがけなくも素晴らしい幸運が彼女を待ちうけていたのである。

「青野君、歌川さんの身に昨夜間違いがあって、いま撮《と》りかけている『三つの花』にあの人が出られなくなった。君がその代わりを勧めるのだ。分かったかね、大役だから一生懸命勉強してくれたまえ。君にとっちゃチャンスだぜ」

監督の言葉に早苗はいまにも眼がくらみそうだった。うれしかったというよりは、むしろ恐ろしかったのだ。彼女は思わずあの蟇口を犇《ひし》とばかりに握りしめていたが、この役が成功したのがきっかけで、以来とんとん拍子、いまではすっかり鮎子の後継者になってしまったのである。

鮎子を殺した犯人は、いまだに分からない。

その当時はずいぶん騒がれたけれど、人の噂《うわさ》も七十五日、一年たった今では、そんな事件のあったことを思い出す人さえ、滅多《めった》にないに違いない。

「里見さんはこのマスコットを人にやって没落してしまった。歌川さんはこれを忘れたために殺された。あたしは決して決して、生涯《しょうがい》これを手離しやしないわ」

三

「あ、運転手さん、ちょっと停《と》めてちょうだい」

今宵《こよい》ちょっと顔をのぞかせた幸運（？）のいとぐちから、はからずも、あの恐ろしい過去の幻想にまでさかのぼった早苗は、この時ふと気がつくと、自動車はかつて彼女の窮迫時代にいたことのある、アパートのまえを通りかかっていた。しかもそのアパートの中へ、自動車をよけて、あわてて跳《と》び込もうとする、見憶えのある顔を認めたので、早苗は思わずそう声をかけた。

　自動車はすぐ停まった。

　早苗はみずから自動車のドアをひらくと半身のぞかせて、

「須山《すやま》さん、ちょっと待って。あたしよ」

　声に振りかえったのは、いま危うく自動車に跳《は》ねとばされそうになった青年だった。怪しむように、こちらを透かしてみたが、早苗の顔を見ると、激しく表情《かおいろ》を動かして、そのままプイといき過ぎようとする。

「あら、待ってよ、須山さん、ひどいのねえ」

　早苗はあとから追いすがるように、

「せっかくあたしが訪ねてきたのにそれがあなたの御挨拶《ごあいさつ》なの」

「何しに来たのです。こんなボロアパートへ」

「あら、御挨拶ねえ。あなたに会いたくって来たのよ」

「フフン」

　背の高い肩幅のがっちりとした青年は、上からさげすむように早苗の豪勢な外套を見、それからすぐ向こうに待っているキャデラックに眼をやった。

「ずいぶん御全盛のようですな。こんなボロアパートへ、あんな自動車を乗りつけるなんて、お門違いでしょう」

「まあ、いやなこと言いっこなしにしてよ。あなた何をおこっていらっしゃるの。そうそう、このあいだ一度お約束をすっぽかしたのを、根に持っていらっしゃるのね」

「三度ですよ」

男が冷たい声で訂正する。

「だって仕方がないわ。あたしこれでもずいぶん忙しいんですもの、ついお約束が守れなかったのよ。ね、ね、後生《ごしょう》だから堪忍《かんにん》して。今夜はあたしとても淋《さび》しいの。何かしらむやみにあなたが恋しくなったの。だから、昔みたいに、あたしの話を聞いてよ」

いっているうちに、早苗はほんとに淋しくなって、瞳《ひとみ》がうるんできた。

男もそれを見ると、心が和《やわ》らいだのか、早苗の顔のうえに身をこごめたが、ふと顔をしかめると、

「君、酒を飲んでるね」

「ええ、分かって？」

「どこで飲んでいたの？」

と、いいながら、男はちょっと不快げに、待たせてある自動車に眼をやった。

「お客様に招待されたの。そのお客様ったらほんとに妙なのよ。お眼にかかってからまだ十日もならないのに、あたしのパトロンになろうというの」

男の眉《まゆ》がピクピクと動いたけれど、早苗は、それに気がつかなかった。

「その方、それで奥さんもお子さんもあるのよ。とてもお金持ちだけど、そうそう、御養子なのよ。御養子だからうちじゃいばれないのね、それで、自由になる女が欲しくなったのよ、きっと」

「お帰りなさい！」

ふいに男の嶮《けわ》しい声が降ってきたので、早苗はびっくりして言葉をのみ込むと、ぽかんとして相手の顔を見上げた。

「お帰りなさい！」

男は軽蔑《けいべつ》と苦痛に激しく眉を顫《ふる》わせながらもう一度叫んだ。

「あら、どうしたの、何か気にさわって？　あたし別にその方とお約束したわけじゃないのよ」

「帰りなさい。自動車が待っていますよ。さようなら」

アパートの扉《とびら》をひらいて、男は荒々しく中へはいってしまった。ドアが二、三度、男の気持ちを表現するように、バタバタと早苗の眼のまえで跳ねかえった。

早苗は馬鹿みたいに、ポカンとして煽《あお》れるドアを眺《なが》めていたが、やがてきゅっと唇《くちびる》をまげると、これまた靴音《くつおと》もあらあらしく自動車にとび乗って、

「運転手さん、やってちょうだい！」

と、呼吸《いき》を喘《はず》ませていった。

早苗の心ははなはだ穏やかでなかった。

須山という青年は、早苗がこのアパートに窮迫生活を送っていたころの、最も親しい友達だった。二人ともよくお金に困った。そして金に困ると互いに融通しあったりした。

ある時、早苗が例によって金に困って、須山の部屋を訪れると、彼は黙って蟇口《がまぐち》をさかさまにしてみせたが、中から転がり落ちたのは、あわれ五銭白銅一枚きりだった。しばらく二人は、無言のままみじめな顔を見合わせていたが、やがて須山は着ていた外套《がいとう》を脱いで出ていった。しばらくすると、彼は五十銭銀貨を二、三枚持ってきて、早苗の掌《てのひら》にのせてくれた。冬のさなかで、炭を買う金のない須山は、部屋の中でも外套を着ていなければしのげない時分のことである。だからといって、あの人なにも、あたしのパトロンにまで干渉するって手はないわ。あの人があたしの何んだろう。昔のお友達だというだけじゃないの。友達なら友達らしく、あたしの羽振《はぶ》りのよくなるのを欣《よろこ》んでくれりゃいいじゃないの。だけどあたしも今夜はどうかしてるわ。あの人

に、あそこであんな話をするなんて手はなかったのに。あたし淋しかったのね、そしてあの人に慰めてもらいたかったのだわ。

自動車はその時大通りへ出ていた。通りは出征軍人とその見送り人の行列でいっぱいだった。

「××君、万歳、万歳！」

という声につれて、旗が波のように揺れていた。その行列をやっとくぐり抜けて、次の曲がり角まで来たときである。

「あ、畜生！」

運転手の激しい声と共に、自動車が大きく上下に揺れた。向こうから出会い頭にトラックが来たのだ。幸い正面衝突はまぬがれたけれど、早苗の不運だったというのは、客席のドアがうまくしまっていなかったことである。自動車が急カーブを切った拍子に、ドアがバタンと開いて、そのとたん、早苗はくるくると世間が宙に廻転するのをかんじた。次の瞬間、彼女は舗装された路《みち》のうえに、ぼろのようにたたきつけられて気を失っていた。

四

それから二週間ほど後のこと、早苗はある病院の一室で、つぎのような手紙を書いていた。

――須山さん、あなたがあたしに輸血してくだすったのですってね。あたし昨日はじめて、その話を看護婦さんから伺って涙が出ました。それだのに、あなたはなぜあたしが正気づいてからいちども来てくださらなかったの。あたしもうすっかり快《よ》くなりましたのよ。幸い、眼につくところに傷痕《きずあと》は残りませんでした。あたしぜひともあなたにお眼にかかりたいの、それも大至急よ。ぜひぜひ、いちど病院へ来てちょうだい。

早苗がその手紙を看護婦に出させた翌日、須山は来ずに、彼の手紙が来た。

――小生が輸血を申《もう》し出《い》でたことは別に他意あったわけではありません。あなたでなくて、ほかの婦人だったとしても、小生はやはり輸血を申し出でたことでしょう。小生は金が欲しかったのです。そしてその報酬は病院のほうから支払いをうけましたから御心配なく。御健康の速やかなる恢復《かいふく》をいのります。

早苗はうっすら涙をうかべて、その手紙をもみくちゃにしてしまった。すぐ眼のまえにいた青い鳥がスーッと向こうのほうに飛んでしまったような気がした。胸の中に大きな孔《あな》があいたようで、彼女は苦しかった。しばらく早苗は眼をつむったまま、じっとその空虚な苦しみをこらえていたが、やがて、何を思ったのかパチッと勢いよく眼をひらくと、

「看護婦さん、あれどうして？　ほら、あたしのマスコット」

「え？　何んでございますって？」

ベッドの側で本を読んでいた若い看護婦が、びっくりしたようにこちらを振り返った。

「縞瑪瑙《しまめのう》よ、頸飾《くびかざ》りのさきについていた」

「ああ、あれですか、あれならそこの抽斗《ひきだし》に入っております、出しましょうか」

「ええ、出してちょうだい」

看護婦がわたしてくれた縞瑪瑙を手にとって、早苗は思わず呼吸《いき》をのんだ。あの災難のかたみであろう、縞瑪瑙の中ほどに、縦にスーッと、一本の太いひびが入っているのである。

「ああ、これだわ。このマスコットにひびが入ったので、あたしの幸運にもひびが入ったのだわ」

早苗は恐ろしそうに、じっとそのマスコットを見つめていたが、ほっと溜息《ためいき》をつく

と、その時一緒に来たもう一通の手紙の封を切った。

——容態はいかが？　一度お見舞いにあがりたいのだが、人眼があるのでいかれない。悪《あ》しからず。その代わり毎日花をおとどけするようにしておいたが、それにて小生の微衷御斟酌《びちゅうごしんしゃく》を乞《こ》う。そんなことより、退院できるようになったら、一緒に旅行しないか。伊豆《いず》のほうに人眼のない、静かなよい温泉地がある。傷にもきっとよいだろう。返事をお待ちする。

U生

二伸、手紙は会社のほうへ、男名前でくれたまえ。

言うまでもなく内海からの手紙だった。早苗は眼をあげて、枕下《まくらもと》に並んでいる、おびただしいファンの花束の中から、Uと書いた花束を数えていたが、そのうちにすっかり決心がついた。

「仕方がないわ。どうせあたしのマスコットにはひびが入ってしまったんですもの」

五

それから更に一週間ほど経《た》って、早苗と内海は人眼をさけて、伊豆のさる海岸にちかい温泉場に姿を現わした。

彼女はすっかり決心がついているつもりでいたが、さていざとなると、須山のことが胸にわだかまっていて、もろくもその決心をつき崩すのだった。

「あたしとても疲れているわ。それにほんとうをいうと、まだ、よく決心が定《き》まっていないの」

波の音の高い一室で、早苗はしぼんだような微笑《ほほえ》みをうかべた。

「しようのないお嬢さんだ」

内海は肩をすぼめながら苦笑いをする。

「すみません。わがままをいって。どうせ一週間はこちらにいるんでしょう。その間にあたしきっと心をきめてよ」

「まあ、いいようにしたまえ」

内海はいくらか憤《いきどお》ったようにいったが、すぐ機嫌《きげん》を直してそのまま散歩に出ていった。

内海が出ていったあと、早苗は眠ろうとして枕に頭をつけたが、なかなか眠れなかった。

悔恨がさそりのように胸をかんで、涙がとめどもなくあふれてくる。

あたしは馬鹿だったのね。内海に言い寄られた時、これこそ自分の幸福だと勘違いしてしまったのだわ。しかし、ほんとうの幸福を発見したのは、病院へ入ってからのことだった。いいえ、看護婦さんに輸血の話をきくまえからだった。あたし毎日、あの人が来てくれるのをどんなに待っていたことだろう。そしていつまで待っても来てくれないあの人を、内心どんなに怨《うら》んでいたことだろう。その時聞いたのが輸血の話だったのだわ。あたし、一時にパッと眼のまえが明るくなったような気がして、あの手紙を書いたのだけれど。

早苗はいつの間にか、片時も側《そば》を離さぬ縞瑪瑙を、横になったままいじくりながら考える。

なるほどこの瑪瑙にはひびが入っているけれど、まだすっかり毀《こわ》れてしまったわけじゃないのに、あたしのいましていることは、わざとこれを毀すようなものじゃないかしら。

早苗は瑪瑙の割れ目に爪《つめ》を立てて、ぐいぐいそれを押しているうちに、ふいにあっと低い声を立てて、真《ま》っ蒼《さお》になってしまった。彼女の指にあまり力が入りすぎたのか、瑪瑙が縦にパッチリわれてしまったのである。

マスコットを毀してしまった！　早苗はこの結果がどういうふうに酬《むく》いてくるかを考えると空恐ろしくなってきた。彼女はしばらく、呼吸《いき》をつめて、二つに割れた縞瑪瑙を見つめていたが、そのうちに、ふと首をかしげると、あわててもう一度それを手に取りあげた。

そしてしばらく、薄暗い灯《ひ》のもとに、ためつすがめつ、縞瑪瑙の割れ目を眺めていたが、だんだん寝床のうえに起き直ると、灯を明るくし、はては双眼鏡まで持ち出して、その割れ目を仔細《しさい》に検査しはじめた。そして、彼女の胸はしだいに大きく波打ち、顔色は紙のように真っ白になっていった。

その晩、彼女は一睡もしなかったにもかかわらず、翌朝早く内海をたたき起こして散歩に連れ出した。驚いたことには彼女はちゃんと洋装をしていて、内海にも、

「宿の浴衣《ゆかた》なんていやよ、あなたも洋服にしてちょうだいな。みっともないじゃないの」

と、洋服を着させた。

「外は寒いから外套《がいとう》を着てらっしゃいな。あら、鳥打《とりうち》はいけないわ。中折《なかおれ》にしてらっしゃいよ。あなたが鳥打をおかぶりになると、請負師《うけおいし》みたいにみえてよ」

「気難《きむずか》しいお嬢さんだな」

と、言いながらも、嬉《うれ》しそうに外套に袖《そで》を通し、中折をかぶった内海の横顔を、しげしげと眺めていた早苗は、ふいに激しく身顫《みぶる》いをした。

「おい、どうしたんだ。寒いのか、寒いのなら止《よ》そうじゃないか」

「いいえ、大丈夫よ。せっかくだからいきましょうよ」

二人は宿を出て、海を見晴らす崖《がけ》のうえへ出た。まだ日の出まえのこととて、あたりにはだれもいなかった。早苗はそこまで来るとふと立ち止まって、

「あたし、疲れてるように見えるでしょう。そのはずよ、昨夜《ゆうべ》寝ないで考えたんですもの。そしてやっと決心がついたわ」

と言って、蒼白《あおじろ》んだ笑いを内海のほうへ向けた。

「何んだ、そんな話をするためにここまでおれをひっぱってきたのかい。でも、決心がついておれは嬉しいよ。では」

と、内海が抱きよせようとする手を、早苗は軽く振り払って、

「駄目《だめ》よ。そのほうの決心じゃないの。あたしの決心はノオよ」

「え」

「内海さん」

ふいに早苗の声が潤《うるお》いをうしなった。彼女はじっと内海の眼のなかを覗《のぞ》きこみながら、

「あなたの欲しいものは、ほんとうはあたしじゃなくて、これなんでしょう?」

掌《てのひら》にのせて差し出した縞瑪瑙を見ると、みるみるうちに内海の血相《けっそう》が変わってきた。

「あたし、昨夜、この瑪瑙の秘密をはじめて知ったのよ。そしてそのことを神に感謝するわ。あなたはこのあいだ雑誌にのった写真から、この縞瑪瑙があたしの手許《てもと》にあ

ることを知って、それであたしに近づいていらしたのね」

「な、何をいうのだ、君は――」

「いいえ、おかくしになっても駄目よ、この縞瑪瑙はちかごろ割れたのじゃなくて、はじめから二つのものを合わせてあったのね。そして中に写真が貼ってあったのね。あなたと歌川さんの写真が」

「…………」

内海は何かいおうとしたが、その声は口から外へ出ないまえに、泡《あわ》のように揮発してしまった。

「あなたにとって、この縞瑪瑙がどんなに大切なものであるか、あたしにもよく分かるわ。だって、これこそ、あなたの恐ろしい罪をあばくかもしれない唯一の証拠ですもの。あなたと歌川さんが恋仲だったということは、だれ一人知るものはなかったのですものね。あたし、昨夜、夜じゅう寝ずに考えたのよ。そしてやっと分かったわ。あなたが内海さんの宅へ御養子にお入りになったのは、歌川さんが殺されたすぐあとでしたわね。つまり歌川さんというものがあっては、その幸運をつかみそこねるかもしれないとお思いになったのでしょう。いいえ、ごまかしても駄目よ。あの晩、歌川さんの宅の門まえで会った男を、あたし今こそはっきり思い出すことができるのよ。そうして、帽子を目深《まぶか》にかぶって、外套の襟を立てた顔を」

ふいに早苗は大声をあげると、あわてて崖のふちに膝《ひざ》をついた。彼女の話の間、しだいに後退《あとずさ》りしていた内海が、ふいに足踏みすべらして、崖から転落するのを見たからである。

だが、幸か不幸か、内海はすぐ鼻先の岩角につかまって、足をバタバタさせていた。早苗はそれを見ると、何んの躊躇《ちゅうちょ》もなく、手を差しのべて内海の体をひきあげてやった。そして、ぐったりと足下《あしもと》に首うなだれている内海を見ると、いくらか涙をおびた調子でいった。

「内海さん、あなたはほんとうに崖から転落していく人ね。だけど、あたし自分から手を出してあなたを突き落そうとは思わないことよ。それだけは安心してらっしゃい」

早苗は手をあげると、海上めがけて高く、遠く、あの縞瑪瑙をなげうった。

マスコットなんかいらない。あたしにはあの人さえあればいい、そうだ、あの人こそ、ほんとうのあたしのマスコットなんだわと考えながら——。

縞瑪瑙は折りからのぼりかけた朝日のなかに、きらきらと美しい弧を画《えが》いて、けむったような水面に落ちた。そして沈んだ。

銀色の舞踏靴

新シンデレラ姫

驚いた。全く驚いた話なのである。

劇場の二階から靴《くつ》が、それも子供のゴム靴かなにかならまだしも、艶《なま》めかしい女の舞《ぶ》踏《とう》靴が降ってきたのだから、さすがの三津木俊助《みつぎしゅんすけ》も驚いた。

だいたい、その時俊助のしめていた席というのがよろしくない。前から三十番目といえば、ちょうど二階の出っ張りの真下にあたっている。東都《とうと》映画劇場におけるある夜の出来事で、折りから銀幕には妖艶《ようえん》なグレタ・ガルボの横顔が大写しにされ、鼻にかかったガルボの低声《こごえ》が、甘酸《あまず》っぱく観客の胸をくすぐっていた。溜息《ためいき》の出るような場面なのである。

ところが、そういう静けさをやぶって、ふいに、

「あら！」

と、いう軽い女の叫び声が聴《きこ》えたかと思うと、黒い影がツーと銀幕を縦にはしって

何やらコツンと俊助の膝《ひざ》に落ちてきたものがある。靴なのである。しかも冒頭《はじめ》にもいったとおり、銀色の、艶《なま》めかしい、穿《は》き主《ぬし》の美しさもさこそとおもわれるような片方の舞踏靴。これには俊助もおどろいたが、腹が立つまえにまずおかしくなった。

二階から靴を落とすなんて、なんてそそっかしいお嬢さんだろう、まさか片方の靴だけでは帰れもしまい。といって他のものならともかく、足にはく物を他人《ひと》の頭上から落としておいて、のめのめ取り返しに来られもしまい。

俊助はお嬢さんが真紅《まっか》になって、どぎまぎしている図が、眼に見えるような気がして、そうすると急に相手が気の毒になった。

とにかく持っていって返してやろう、そう考えた俊助は、外套《がいとう》のポケットに靴をねじ込むと、急いで椅子《いす》から立ち上がった。ところが、彼が階段の下まで来たときである。二階から急歩調《いそぎあし》で降りてくる女の姿が眼にうつった。

豪奢《ごうしゃ》な毛皮の外套を着て、目の細かいネットで面《おもて》をつつんだ若い女だ、もっとも若いといったのはその体つきから想像したまでで、なにしろ目のつんだネットをかぶっているのだから、顔のところはよく分からない。しかし俊助の姿を見てはっと立ちどまった様子が尋常とは思えず、ひょっとしたら、いま靴を落としたのはこの女ではないかしら。

そう思ったものだから俊助はすれ違いざま、

「もしもし」と、声をかけた。

「失礼ですが、もしやあなたではありませんか」

ところが、驚いたことには女はその言葉を聴こうともせず、ふいにさっと身をひるがえすと、あっという間もなく、タタタタとひと息に階段を駆けおり、車寄せから自動車に乗ってしまった。

全くそれは飛鳥のような早業で、さすがの俊助も毒気を抜かれた態《かたち》だったが、しかしその瞬間、彼はハッキリ見てとったのである。自動車に飛び乗ったお嬢さん、片っ方しか靴を履《は》いていなかったではないか。

さあ、こうなるとただではすまないのが俊助の性分《しょうぶん》なのだ。言い忘れたが三津木俊助というのは、新聞界きっての腕利《うでき》き記者といわれ、わけても犯罪事件に関しては特殊の嗅覚を持つという評判、その俊助の第六感にピンと来たからたまらない。お嬢さんの後を追って急いで車寄せへととび出すと、幸い眼についたのは一台の空車《あきぐるま》。

「君、君、あの自動車をつけてくれたまえ」

と、いきなりそれに跳《と》び乗ったが、しかしこの時俊助がもう少し落ち着いてあたりに気をつけていたら、もっと別な、妙な事柄に気がついていたことだろう。

俊助が飛び出していったすぐその直後のことである。二階からゴトゴトと異様な人物がひとり降りてきた。その人物というのは、黒いインバを着た、恐ろしく猫背《ねこぜ》の老人で、黒眼鏡をかけ、帽子の縁《ふち》を鼻のうえまで下ろしているのが、なんとも気味悪い感じなのだ。おまけにこの老人、片脚悪いと見え、太いステッキをゴトゴト引きずりながら、ヒョイヒョイ跛《びっこ》をひいているのが、とんと蝙蝠《こうもり》のお化《ば》けのように薄気味悪い感じだった。

老人は玄関に立って二台の自動車を見送っていたが、やがて黄色い歯を出してニヤリと笑うと、

「ふふふふ、うまくいったわい」

と、低声《こごえ》で呟《つぶや》きながら、こそこそと立ち去ったが、後になってあの恐ろしい事件が発見された際、受付の少女がすぐこの老人のことを思い出したほど、それは印象的なものだった。

だが、それはしばらく後の話、こちらは三津木俊助だ。

日比谷《ひびや》から桜田門《さくらだもん》、三宅坂《みやけざか》から清水谷《しみずだに》公園へと、執念《しゅうねん》ぶかくお嬢さんの自動車をつけていた三津木俊助は、ついに、町のとある宏壮《こうそう》なお屋敷の門前に、まえの自動車がとまるのを見とどけた。

「ストップ、ここで降ろしてくれたまえ」

俊助も大急ぎで自動車をとめると路傍《ろぼう》にとびおりる。

と、見れば前の自動車は、お嬢さんひとりを路傍にのこして、今しも向こうの角へ

消えていくところだ。俊助は急歩調《いそぎあし》で女のそばへ駆け寄った。

「もしもし」

声をかけると、

「あら！」

女は、びっくりしたように振り返ったが、しかしその大袈裟《おおげさ》な身振りには、どことやらそぐわぬ調子があった。ちゃんと俊助の尾行を知っていながら、わざと驚いて見せたのではないかしら、そういう感じなのだ。

「何か御用でございますの」

「靴を持ってまいりましたよ、お嬢さん、この靴、お嬢さんのでしょう」

「靴ですって？」

女は当惑したように俊助の手にした靴を見る。なんともいえぬほど魅力のある声だ。黒いネットの底から、美しい瞳《ひとみ》が星のように輝いて、顎《あご》から唇《くちびる》へかけての線がたまらなく蠱惑《こわく》的なのである。俊助は思わずブルブルと胴顫《どうぶる》いをした。

「まあ、何んのことでしょう。せっかくですけど、何かの間違いじゃありません？」

「そんなはずありませんよ。たしかにあなたの靴だと思うんですがね。ほら、東都劇場の二階から落としたでしょう。で、僕がこうして持参したというわけです」

「あら、東都劇場ですって？じゃ、やっぱり間違いですわね。だってあたし、今夜そんなところへはまいりませんもの」

「何んですって？」

あまり大胆な女の嘘《うそ》に、俊助はあきれて物が言えなかった。こんな美しい顔をして、よくもまあ、のめのめとこんな嘘がつけるものだと思った。しかし、お嬢さんは平然として美しい片靨《かたえくぼ》をうかべながら、

「ええ、間違いにきまっていますわ。靴を落としたなんて、ほほほほ、ずいぶん滑《こっ》稽《けい》な話ね、でもあたしじゃありませんわ。ほら、御覧のとおり、あたしちゃんと靴を履《は》いていますもの」

俊助はやられたと思った。完全な敗北だった。たぶん自動車のなかで履きかえたのだろう。女はピカピカ光る靴を、ちゃんと履いているのである。むろん両方とも。

「それじゃ、あなたは全く、この靴に覚えがないとおっしゃるんですね」

俊助は憤《む》っとして、思わず言葉を強めた。

「ええ、ございませんわ」

「それじゃ、僕がどうこの靴を処分しても、あなたに言い分はありませんね」

「まあ、難しいんですこと。ええええ、どうぞ御随意になすって」

「そうですか。いや、失礼いたしました。さようなら！」

俊助は外套《がいとう》のポケットにグイと靴をねじ込むと、くるりと踵《くびす》を返したが、考えてみ

ると業《ごう》が煮えてたまらない。まんまと女に翻弄《ほんろう》された感じなのだ。

俊助はハッキリあの女が片脚はだしで逃げ出すところを見たのである。それだのに、自動車から降りたところを見ると、ちゃんと別の靴を履いている。してみると、あの女はあらかじめ、余分の靴を一足《そく》用意していたと思わねばならぬが、どこの世界に、靴の履きかえなど持って歩く女があるだろう。何んと考えても変な話だった。

「ちぇッ、馬鹿にしてやがら」

俊助はブツブツ呟《つぶや》きながら、暗い夜道を二、三丁やってきたが、急に思い返してまたさっきのお屋敷の門前まで引っ返してきた。むろん女の姿はすでにその辺には見えない。俊助はせめて名前だけでもと思って表札を覗《のぞ》きこんだが、これは何んとしたこと、そこには表札を剝《は》ぎとった跡が薄白く残っているばかり、門の中を覗いてみても灯影《ほかげ》一つ見えない。つまり、このお屋敷は空き家だったのである。

ここに至って俊助は、完全に背負《しょ》い投げを喰わされたことを自覚しずにはいられなかった。

「ふふふふ、でかしたぞシンデレラ姫、しかしこいつ靴を忘れたシンデレラ姫にしても、少々御念がいっているわい」

敗北は敗北でも、相手が美人だと思えば、まんざらいやな気持ちでもなかった。俊助は腹立たしいような、滑稽《こっけい》なような、やり場のない心持ちで、牛込《うしごめ》にある自分の下宿まで帰ってきたが、するとそこに驚くべき報告が彼を待ちかまえていたのである。

「あらまあ、三津木さん、いったいどこへ行ってらしたのよう」

お君ちゃんという丸ぽちゃの可愛い女中が彼の顔を見るといきなりいうことには、

「社からたびたびお電話よ。あたしが代わりに聴いといたけど、事件だから、帰ってきたらすぐ出張するようにってことづけでしたわ。場所は丸《まる》の内《うち》の東都映画劇場——あら、どうかなすって？　東都映画劇場で人殺しがあったのよ。殺されたのはダンサーか何かで、そうそう、銀色の舞踏靴を履いたまま、二階の正面席で殺されていたという話よ」

東都映画劇場——銀色の舞踏靴——聞くなり俊助はカーッと血が頭に逆上《のぼ》るのを感じた。

銀座の靴盗人《ぬすっと》

さて、事件というのはこうなのだ。

その晩、東都映画劇場では、観客が帰ったあとにただひとり若い女が、二階の正面席に残っているのに気がついた。あまり立派ではないが、派手な洋装の女で、何んとなく変な恰好《かっこう》だったが、居眠りでもしているのだろうと思って、掃除女が肩をゆすると、ふいにがっくりと前にのめってしまった。驚いて触《さわ》ってみると、女の体は氷のように冷えきっている。

さあ、たいへん。自殺か他殺か、いずれにしてもこのままではすまされない、報《し》らせによって所轄警察や警視庁からは、係官や医者が駆けつけてくる。新聞記者や写真班が追っかけてくる。劇場はたちまち上を下への大騒ぎ。

さて、医者の鑑定によると、女の死因はある毒物の中毒らしく、後に分かったところによると、その毒物というのは、チョコレートの中に仕込んであったらしい。つまり女は映画を見ながら、チョコレートを頬張《ほおば》っているうちに、毒が廻《まわ》って死んでしまったらしく、現に食い残したチョコレートの中から、恐ろしい毒薬が検出されたという話だ。

さて女の身許《みもと》だがこれはすぐ分かった。ハンドバッグの中の名刺から、この洋装美人が、白菊《しらぎく》ダンスホールに働く白川珠子《しらかわたまこ》というダンサーであることが判《わか》り、そこで早速この由がホールに通告される。さらにホールから彼女のアパートへ急報され、そこで彼女の良人《おつと》と称する男があたふたと駆けつけてきた。

「ああ、君がこの女の御主人なんだね」

「え、ええ、そうです。名越恭助《なごしきようすけ》と申します」

恭助は年ごろ三十四、五、オドオドと落ち着かぬ眼つきをした男だ。風采《ふうさい》なども白川珠子が素晴らしい美人なのにひきくらべはなはだ貧弱である。長い間圧制に苦しんだ奴隷《どれい》といった感じの、卑屈な、感じのよくない男だ。

「で、何かね、奥さんには何か自殺をするような原因でもあったかね」

「とんでもない、至って朗らかな性分で、自殺なんて滅相な。しかし、それかといって殺されるほど、深い怨《うら》みをうけているとも思われませんが」

「なるほど、で、君の職業は？」

「へえ、それが――実は長い間失職しておりますんで。先には雑誌社に勤めておりましたが、そこがポシャッてしまったんで」

「すると君は細君に養ってもらっていたんだね。それで夫婦仲がうまくいってたかね」

「へへへ、それは時には気まずいこともありましたが、なに、いつもすぐ治まりますんで」

　というようなわけで、大した発見もなかったが、三津木俊助の駆けつけてきたのは、ちょうどそういう訊問《じんもん》の最中だった。

「やあ、来たな。三津木君、君にしちゃ少し嗅《か》ぎつけようが遅かあないかな」

　俊助の顔を見るなり、そう浴びせかけたのは警視庁の等々力《とどろき》警部、日ごろからひと方ならぬ親交を結んでいる二人なのだ。

「なあに、まんざらそうでもないぜ、フフフ」

俊助は自信ありげに笑いながら、

「ときに警部、被害者が銀色の舞踏靴《ぶとうぐつ》を履いているというのはほんとかい」

「ああ、履いてるよ。ダンサー風情《ふぜい》にしちゃ分《ぶん》にすぎた立派な代物《しろもの》だ」

「両方とも履いているかい、その舞踏靴をさ」

「両方とも？　おい、変なことを訊《き》くぜ。まさか片方だけ靴を履いてる奴《やつ》もあるまい。だが、こいつ変なことを訊きやがる。いきなり靴のことなんか切り出しやがって、おい、貴様何か心当たりがあるなら、ハッキリ言えよ」

「フフ、なに、今のところ皆目《かいもく》見当はつかんが、とにかくその靴を、いや、その女の死体というのを拝ませてもらいたいな」

「見るなら勝手に見ろ、死体は発見された場所にある。二階の正面、最前列だ」

その場所へ来てみて俊助は驚いた。そこは先ほど俊助の坐っていた席の真上に当たっていて、そこから物を落とせば、俊助の膝《ひざ》に落ちる見当なのだ。しかしあの靴を落としたのはこの女ではない。なぜって女の死体は警部もいったとおり、両方とも靴を履いているのである。

ところがここに変梃《へんてこ》なことというのは、その女の履いている舞踏靴というのが、色から恰好《かっこう》から、いま俊助のポケットにある奴と、そっくりそのままではないか。さすがの俊助もこれには思わずウームと唸《うな》ったが、その肩をポンとたたいたのは等々力警部。

「どうだい、靴に何か仕掛けでもあったかい」

「いや、なに、別に。……」

「フフフ、こいつ、いやに白《しら》ぱくれやがる。だがまあいい、ときにひとついいことを聴かせてやろうか。これは受付の娘の話だがね」

と、警部がそこで耳打ちしたのは、前にも述べた、あの薄気味悪い猫背《ねこぜ》男に関する、受付の女の見聞談だった。

「果たしてこの爺《じい》さんが、事件に関係があるかどうか不明だが、とにかく手配りだけはしておくつもりだ」

「なるほどね」

俊助も一応は首をかしげたが、後から思えばこの時彼は、もう少し警部の話に深い関心を払っておくべきだった。そうすれば間もなくあんな失態を見ずにすんだかもしれないのだ。

と、いうのはその翌朝のこと。

俊助は何をおいても、昨夜《ゆうべ》の女の身許を調べておきたかったが、それには手に入れたあの片方の靴から手繰《たぐ》っていくよりほかに方法はない。幸い靴には銀座《ぎんざ》の白玉堂《はくぎょくどう》というマークが入っているので、そこへいけば、あるいは女の身許が分かるかもしれないと思った。

そこで彼は翌朝早速、銀座へ出かけたが、ところが彼が今しも資生堂《しせいどう》の角を曲がろうとした時である。角を曲がって現われた一人の男が、ふいにドシンと俊助にぶつかった。

あっという間もない。俊助の手にした包みがコロコロ舗道に転がって、中からあの銀色の舞踏靴がとび出した。それを見ると相手は、

「あっ！」

と、異様な叫びをあげて、すぐ側《そば》の横町へ姿を消したが、そのとたん、俊助ははじめて気がついたのである。黒いインバを着た、跛《びっこ》で猫背の男なのだ。しまった、あいつだ！そこで俊助が急いで靴を拾って後を追おうとしたところへ、バラバラと現われたのは四、五名の店員ふうの男、俊助の手にした靴を見るなり、

「やあ、こいつだ、こいつだ！」

と、眼の色かえて俊助を取り囲んだのだ。

さて、ここで俊助がとんでもない疑いをうけた顚末《てんまつ》というのを簡単に記すと。——

その朝、白玉堂の店員が表を開いて、お店の掃除をしていると、ふいにガチャンとガラスの割れる音がした。見るとだれやらウインドーを破って、飾ってある一足《そく》の舞

踏靴をひっさらって逃げようとするところなのだ。

「泥棒！　泥棒、靴泥棒だ！」

　というわけで、近所の店員諸君をも交えて、バラバラと靴盗人《ぬすっと》の後をおっかけたが、それが計らずも、曲がり角で俊助にぶつかったというわけ。見ると俊助がいま盗まれたのと同じ靴を持っているので、さてこそ彼にあらぬ疑いがかかったのだが、幸い、

「違う、違う、靴盗人はこの人じゃない。黒いインバを着た、跛で猫背の男だ！」

と、叫ぶ者があって、そこでそれとばかりにその辺を探してみたが、むろん、そのころにはすでに、変梃な靴盗人の姿は見えなかった。

　しかし、この出来事は俊助にとってはすこぶる意外だった。そこに何かしら、容易ならぬ秘密のからくりがありそうに思えてならぬ。

　そこで早速、白玉堂の番頭さんにむかって、問題の靴について訊《ただ》してみたが、その結果、つぎのような変梃な事実が判明した。

　問題の靴はもと四足《そく》店にあったのだが、去年の暮れに一人の客が来て、そのうちの三足を買いとり、それぞれ別々の婦人のところへ、クリスマスプレゼントとして届けさせたという。

「で、その届け先は分かりますか」

「へえ、それはもう造作《ぞうさ》ありません」

番頭はパラパラ台帳を繰りながら、

「ここに控えがあります。ええと、三番町《ばんちょう》の鮎沢由美《あゆざわゆみ》さん、本郷《ほんごう》曙《あけぼの》アパートの白川珠子さん、いま一人は小石川《こいしかわ》の河瀬文代《かわせふみよ》さん」

俊助は三人の住所を書きとめながら、

「で、それを買った男というのを記憶していませんか。風采《ふうさい》など」

「そうですね、ええ、こうっと。――」

番頭は小首をかしげて考えていたが、ふいにあっと叫んでとび上がった。

「あ、あいつだ。黒いインバを着た――猫背で、跛の――ソ、そうです、いま靴を盗んでいった、あ、あの男です」

俊助はすっかり度胆《どぎも》を抜かれたことだ。

美人投票の三美人

なんてまあ変梃《へんてこ》な事件だろう、と俊助は考える。昨夜以来、だれかに愚弄《ぐろう》しつづけられているような気がして、業腹《ごうはら》でたまらない。

何んのために三人の女に靴《くつ》を贈るのか、何んのために一足残った靴を盗むのか、いったい、別々に住んでいる三人の女に、どういう関係があるのか、まるで五里霧中だ。

「ええい、忌ま忌ましい、何が何んだかさっぱりわけが分からないぞ」

ひとつ熱いコーヒーでも飲んで、ゆっくりこの問題を考えてみようと、そこで富士《ふじ》屋《や》の二階へあがっていくと、

「あら！」

と、叫んでこちらを振り返った女がある。

「やあ、桑野《くわの》君、お早う」

「お早う、ずいぶん早いのね。何か事件でもあって？　ちょうどいいわ。こちらへいらっしゃらない？　あたしちょっと話があるの」

言いながら席をあけたのは、桑野夏子《なつこ》といって、ある婦人雑誌社に勤めている女記者だ。

「何んだい？　朝っぱらから話というのは？」

「ちょっと妙なことなのよ。あなたの領分の仕事よ。ねえ、昨夜《ゆうべ》、東都映画劇場で、白川珠子という女が殺されたの知ってるでしょう」

知ってるどころの話じゃない。その事件のために、今朝もわざわざ眠いところを、銀座までやってきた俊助なのだ。

「うん、知ってるよ、だがそれがどうかしたの、君、あの女を知ってるのかい？」

「ええ、いくらか。だけどそのまえにちょっと、これを見てよ」

パチッとハンドバッグを開いて、夏子が取り出したのは一枚の新聞の切り抜きだった。

俊助は何気なくそれを読んであっと驚いた。

> 自動車衝突、乗客惨死——昨夜十二時過ぎ小石川大曲《おおまがり》付近で二台の自動車激突、一台の運転手は負傷乗客は即死した。乗客というは妙齢の美人でダンスの帰りと覚《おぼ》しく銀色の舞踏靴を履いていたが、間もなく判明したところによると、某百貨店に勤むる河瀬文代とて、評判の美人。ただここに奇怪なのはもう一台の自動車で、この惨劇を尻眼《しりめ》に、逃走してしまったが目下《もっか》行方《ゆくえ》厳探中。

よくある事故だから記事も小さく、俊助も気がつかなかったが、いま、河瀬文代という名前を発見して、思わずあっと胆をつぶした。

この女も、また奇怪な男に靴を贈られた三人の一人ではないか。しかも彼女も同じように、贈られた舞踏靴を履いたまま死んでいる。

「いったい、これはいつの新聞だね」

「つい、一週間ほど前の新聞よ」

「何んだってまた、君はこんな記事を切り抜いているの。この女《ひと》を知っているのかい？」

「ええ、知ってるのよ。この女《ひと》も白川珠子さんも美人投票の三美人の一人なのよ」

「な、何？　美人投票だって？」

　俊助は眼をパチクリさせた。

「ええ、そうよ、いつか話しやしなかったかしら。去年一年かかって、うちの雑誌で美人投票をしたでしょう、その結果、今年の新年号で三人の美人を選び出したんだけど、お二人ともその三美人の一人なのよ」

「ほほう、そしてもう一人というのは――」

　と、俊助はさっき白玉堂で控えてきた手帳を急がしく繰りながら、

「三番町の鮎沢由美という人じゃないかね」

「ええ、そうよ、よく御存知ね」

　ここに至って俊助は、ウームと眼を白黒させて唸《うな》らざるを得なかった。

　婦人雑誌の新年号は十二月十七、八日に発売される。そしてあの妙な男が、白玉堂に現われて、三足の靴を三人の婦人に届けさせたのは、十二月二十日過ぎのことだ。

してみると、あの男は雑誌を見て、美人投票の三美人を贈り物の相手に選んだのにちがいない。

世の中には往々、そういう酔興《すいきょう》な人間もあるものだが、しかし三美人のうちの二人までが、贈り物の舞踏靴を履いたまま変死を遂げたとあっては、こいつは酔興とは思えない。何かしら、妖《あや》しい、淫《いや》らしい、吸血鬼《きゅうけつき》にも似た悪霊《あくりょう》の息吹《いぶき》が感じられはしないか、俊助は、思わずブルブルと身顫《みぶる》いをしずにはいられなかった。

「ねえ、変でしょう、美人投票の三美人のうち、二人までがこんなことになるなんて、何んだか妙よ、もしものことがあると、うちの雑誌の名誉にもかかわると思って、さっきから気をもんでいたところなの」

夏子はむろん、舞踏靴の一件は知らなかったけれど、持ちまえの怜悧《れいり》さから、早くも事件の異常さに気がついているのだった。

「なるほど、ありがとう。よく話してくれたね。ときに君は、三美人のうちのもう一人、鮎沢由美という女《ひと》に会ったことがあるかね」

俊助は昨夜の女の美しさを、いまさらのように頭に思いうかべていた。他の二人が死んだ以上、あの女こそ、鮎沢由美にちがいない。

「ええ、ありますとも。だってあの人がいよいよ当選ときまった時、記事を取るために訪問したのはあたしですもの、でも、あの時はほんとうにさんざんな目にあったわ」

「さんざんな目って？」

「由美さんのお父さんというのが、それは変な人なのよ、御存知ありません？ 鮎沢慎吾《しんご》って、神経科かなにかのお医者さんで、医学博士なの。だけどあの人自身、少々神経が怪しいんじゃないかと思うわ。お嬢さんが美人投票に応募するなんて怪《け》しからんというわけで、まるで気違いよ。記事をとるのに、それはそれは骨が折れたわ」

「いったい、どんな人だね、風采《ふうさい》は？」

「そうね、六十ぐらいのよぼよぼした感じで、とても気難しそうな顔をしているわ。そうそう、たしか跛《びっこ》だったと覚えているけど」

「跛？ なに、跛だって？」

「あら、びっくりした。ずいぶん大きな声ね。ええ、そうよ、たしか左脚が悪かったように覚えてるわ。それにいくらか猫背《ねこぜ》で、ねえ、学者ってみんなあんなものかしら、どうかと思うわね」

俊助はしかし、その話を終わりまで聞いてはいなかった。

彼はいきなり電話室へとび込むと、バラバラと電話帳を繰っている。どうしても由美のことが気になるのである。三美人のうちの二人までが殺されたとすれば、残るのは由美ひとりだ。今度はいよいよ由美の番ではなかろうか。

そう考えると一刻も猶予してはおられない。電話帳を繰る手ももどかしそうに、バラバラと繰ってやっと鮎沢家の番号を探し出すと、すぐ電話をかけてみたが、その結果はこうである。

「君は誰だね、由美に何か用事があるのか」

出てきたのは博士と覚しく、癪《しゃく》にさわるほど横柄《おうへい》な調子だ。

「はあ、お嬢さんと懇意なものですが、ちょっとお話ししたいことがあるのです。いらしたら、電話口までお呼び願えませんか」

「由美なら、おらんよ。昨夜《ゆうべ》から帰らん」

「え、何んですって？　昨夜からお帰りにならないんですって？」

俊助はジーンと体じゅうがしびれるような気がした。

「そうだ。帰らん。あんな不埒《ふらち》な娘には、おれはもう用事はない。だれだか知らんが、君がもし由美に会ったらいっといてくれたまえ。帰ってきても家《うち》へは入れぬとな」

電話はそこでガチャンと断《き》れてしまった。

猫背の老博士

「と、そういうわけで先生、僕は心配でたまらないんです。どうしても、もう一つ殺人事件が起こりそうな気がしてならないんです」

と、ここは麹《こうじ》町三番町、有名な私立探偵《たんてい》由利《ゆり》先生の邸《やしき》、二階の応接間だ。俊助はかねてより由利先生に私淑すること厚く、彼の名声の半分は、先生の助力に負うとまで言われている。さてこそ、昨夜来の妙な事件に、すっかり混乱した俊助は、早速ここへ駆けつけてきたというわけである。

「なるほど、なかなか妙な事件だね」

由利先生は葉巻の煙を吹かせながら、

「しかし、三津木君、わしにはまさか鮎沢博士が犯人とは思えんね。博士の邸はすぐ近所だからよく知っているが、学者ってみんなあんなものだよ」

「でも、さっきの電話はよほど変でしたよ」

「なあに、大方娘が男でもこさえて逃げたと思いこんでいるものだから、奴《やっこ》さんカンカンに憤《おこ》っているのさ。そのとばっちりが君に来たんだよ。なにしろ評判の頑固《がんこ》親爺《おやじ》だからな。おや、噂《うわさ》をすれば影とやら、向こうから博士がやってきたぜ」

なるほど、窓から覗《のぞ》いてみると、猫背で跛の妙な男が、土堤《どて》沿いにヒョコヒョコやってくる。七つ下がりのフロックに古風な山高《やまたか》という、とんと田舎《いなか》の村長さんといった恰好《かっこう》だ。

「おや、奴《やっこ》さん家へ来るつもりかな。表札を横眼でにらんでいるぜ」

老博士は二、三度家のまえを行き来していたが、やがて決心したようにベルを鳴らした。やがて書生がいかめしい名刺を持ってやってくる。

「フフフ、やっぱり来たぜ。いいから君もいたまえ、電話の声なんか覚えているもんか」

間もなく、鮎沢博士の古色蒼然《そうぜん》たる姿が、二階の応接室へ現われた。

「君かね、由利麟太郎《りんたろう》というのは？」

まるで、教室で学生を詰問《きつもん》するような調子だ。由利先生は笑いを噛《か》み殺しながら、

「は、先生、さようでございます」

「君はなかなか腕のいい探偵だというが事実かな」

「さあて、一度先生に試験していただきたいもので」

「フフフ、うまいことをいうな。ときにここにいる若いのは何者だね」

「は、この男ですか。これは私の助手でして」

「ああ、そうか、ワトソンというところかね。ところで、実は君にひとつ依頼したいことがあるのだが、やってもらえるかね」

「それはそれは光栄の至りで。で、どのような事件でございますか」

「実は、娘の行方《ゆくえ》を探してもらいたいんだ」

由利先生はチラと俊助のほうを見た。

「ははあ、御令嬢の？　すると御令嬢が家出でもされましたか」

「それがよく分からん。いや、実に怪《け》しからんことで」

と、老博士は吐き出すように、

「昨夜から帰ってきおらんのじゃが、これというのも『婦人の光』とやらいう雑誌のためじゃと思うと、わしは腹が立ってたまらん」

「ははあ、雑誌がどうかしましたか」

由利先生が白《しら》ばくれて訊《たず》ねると、博士は憤然として、

「そうじゃ、雑誌たるもの、そりゃ売るためには宣伝も必要だろうが、良家の娘を道具に使うとは実に言語《ごんご》道断《どうだん》じゃ。美人投票とやら何んとか、若い娘の虚栄心をそそるばかりか、うちの娘が一等に当選するなど、実に、実に——」

「名誉なことでございますな」

俊助がうっかり口を出したからたまらない。

「何？　名誉じゃと、何が名誉じゃ、さては君はあの雑誌社の廻《まわ》し者か」

老博士はピンと山羊《やぎ》髯《ひげ》を逆立《さかだ》てて今にも嚙みつかんばかりの勢いだ。

「いえ、なに、その、われわれ凡人には名誉と思えますが、先生のごとき御高名な方には、さぞ御迷惑でございましょうな」

「迷惑？　そうじゃ、迷惑極まる。あれ以来というもの、頻々《ひんぴん》として淫《みだ》らがましい手

紙は舞い込む。怪しげな電話はかかる。おまけに去年の暮れには、変な靴《くつ》を送ってきた者さえある。わしは腹が立ってたまらんから、こんなもの捨ててしまえ。もしこんな靴を履いたら二度と家へは入れんと宣告しといたのじゃが、娘の奴、とうとう昨夜その靴を履いたまま外出して、今に帰りおらん。実に怪しからん」

博士はポケットの中から、一通の封筒を鷲《わし》づかみにすると、ポンと投げ出して、

「それをひとつ読んでくれたまえ。実は今朝ほどあれの部屋を調べてみたところが、こんな手紙が出てきおった。それを見ると、わしも急に心配になっての」

さっきまでの剣幕はどこへやら、博士の面《おもて》にはにわかに憂色《ゆうしょく》が濃くなり、態度までしおしおとしてきた。

「なるほど、では拝見いたしましょう」

由利先生が開いてみると、それは次のような文面なのだ。

お懐《なつ》かしき鮎沢由美さま。突然お手紙を差し上げます不躾《ぶしつけ》なにとぞお許しくださいませ。私事、あなた様とともに『婦人の光』誌上にて三美人の一人に選ばれるの光栄を有しましたもの、さて、あなた様にはその際われわれとともに選ばれた河瀬文代さまの御不幸につき御存知でいらっしゃいますか。もしまでございましたら同封いたしました新聞の切り抜き御覧くださいまし。これによれば文代さまは御最期の際、銀

色の舞踏靴《ぶとうぐつ》をおめしの様子、これにつき私事何んとやら不安でたまらぬと申すは、旧《きゅう》臘《ろう》私のもとへいづ方よりともなく、同様の靴を送ってきた者これあり、おそらくあなた様ほうへもまいっていることと存じられます。この靴が何んとやら文代さま御不幸とつながりをもっているように考えられ、その他いろいろ不審の点もございますれば、ぜひともあなた様にお目にかかってお話し申し上げたく存じます。同封いたしましたのは、今夜の東都映画劇場の切符にて、向こうにて人知れずお眼にかかりたく、失礼ながらお送り申し上げました。なにとぞお出《い》でくださいますよう、なお、お写真は拝見いたしておりますが、直接お目にかかったことのない二人ゆえ、目印のためお互いにあの舞踏靴を履《は》いてまいりましてはいかがでございましょうか。心せきますまま取り急ぎ、悪筆お許しくださいませ、かしこ。

白川珠子

　由利先生も俊助も、その手紙を読むなり、思わずフームと唸《うな》ってしまったのである。なるほど、この手紙を見ると、昨夜銀色の舞踏靴を履いた二人の女が、東都映画劇場のほとんど同じ席に現われた理由がよく分かる。由美も気になるままに出かけていったが、肝腎《かんじん》の珠子が死んでいるのを見て、急に恐ろしくなり、逃げ出したのだろう。そして逃げる際、人目につきやすい、しかも何んとなく不吉な感じのする靴を脱いで、あらかじめ用意していった他の靴に履きかえようとしたのだが、あわてていたのでつい片方を二階から落としたのだろう。

「三津木君、君はどう思う。僕はこいつ少々臭いと思うんだ。この手紙だがね」老博士が帰ったあとである。由利先生はふと手紙の面《おもて》から顔をあげて俊助の方を振り返った。

「臭いというと？」

「つまりね。こいつ珠子の手になったものじゃないぜ。三美人の一人に選ばれるの光栄を有し云々《うんぬん》の文句なんざ、ダンサーなどの使う文句じゃない、相当文章ずれのした人間の書いたものだと思うんだ。つまり、これは珠子の名を騙《かた》って、だれか他の奴が書いたんだぜ」

「しかし、そうすると珠子はどうして東都映画劇場へやってきたのでしょう」

「わけないさ。珠子のほうへも、由美の名前で同様の手紙を送ったのさ」

「あ、なるほど」と、俊助は思わず膝《ひざ》を打つ。

「ね、分かったかい、こいつなかなか悧巧《りこう》な奴だよ。しかもどこか気違いじみている。こいつ三人の女をそれぞれ銀色の舞踏靴を履いたまま、殺さなければおかないのだ。ところが由美は昨夜、片方だけ靴を落とした。そこで今朝の白玉堂の盗難となったわけだ。つまり、由美にもやっぱり、銀色の舞踏靴を履かせるつもりだろう。とにかく三津木君、ぐずぐずしちゃいられん。これから早速いってみよう」

「行くってどこへですか」

「昨夜、君が由美を見失ったという空き家さ。人間ひとり誘拐《ゆうかい》するってなかなか容易な業じゃないぜ。ましてや心中《しんちゅう》すでに恐怖を抱《いだ》いている女を、人眼につかずに遠くまで連れ去るなんてできるもんじゃない、わしはどうも由美の姿が消えたという空き家が怪しいと思うんだが、しかしまだ生きているかどうかな」

それを聴くと俊助は思わずゾーッと身顫《みぶる》いをしたことだった。

空き家の惨劇

しかしその由美はまだ死んではいなかった。

真っ暗な、埃《ほこり》っぽい、ゴタゴタとした押し入れの中なのである。由美は手脚を縛《しば》られ、猿轡《さるぐつわ》を嵌《は》められて、昨夜以来そういう窮屈な押し入れの中に閉じこめられているのだ。

どうしてこんなことになったのか、彼女にもよく分からない。尾《つ》けてきた男をまいて、さて逃げ出そうとしたはずみに、いきなりだれやら背後《うしろ》から抱きついた。ズルズルと空き家の中に引きずり込まれた。それだけが由美の記憶のすべてなのだ。

今や彼女は恐怖と疲労のために死にそうだった。昨夜見た珠子の恐ろしい死に顔がまざまざと記憶の底よりよみがえってくる。あの、ゾッとするような冷たい感触。ああ、今にあたしもあんなになるのだわ。

由美が思わずブルブルと体をふるわせた時である。ゴトゴトと空き家の床を踏む、ひそやかな足音が聞こえてきた。

（あ、来た、とうとう殺しに来たんだわ）

スーッと押し入れの唐紙《からかみ》が開いたので、恐る恐る眼を開いてみると、鉛色の光の中に、猫背《ねこぜ》をした黒いインバの男が、黒眼鏡の奥から淫《いや》らしい眼を光らせてこちらを見ている。

「フフフ、お嬢さん、窮屈だったろうな」押し殺したような含み声なのだ。どこかわざと声をかえているような感じもする。

「さあ、すぐ楽にしてあげるよ。ほら御覧、お前の死に装束《しょうぞく》を持ってきたからね」男が、もぞもぞとインバの中から取り出したのは、ああ、恐ろしい、銀色の舞踏靴！

「文代も珠子もこの靴を履いていったんだからね、お前だけ除《の》け物になっちゃ気の毒だと思って、やっとの思いで、おれはこれを手に入れてきたんだよ。おれゃ、これで何事でもキチンとしたことが好きな性分でね。さあ、履かせてあげよう」

（ああ、助けてえ、いや、いや、そんな靴履くのはいや！）

由美は必死になって抵抗するが、しかし、なにしろ体は雁字《がんじ》絡《がら》めにしばられているのだから、いかにバタバタやっても助からない。気味悪い猫背男は、由美の両脚を押さえて無理矢理に靴を履かせてしまうと、

「フフフフ、とうとうできた。これでもう申し分なく死に装束ができたというわけさ。フフフ！」男は再び気味悪い含み笑いを浮かべると、いきなりズラリとインバの下から短刀を抜き放った。

「フフフ！　怖いかえ、恐ろしいかえ」

　男の顔がしだいに由美のうえに近づいてくる。ギラギラとする白刃《しらは》が、だんだん、由美の咽喉仏《のどぼとけ》に振りおろされる。ハッハッという動物的な息使い、ギリギリと歯ぎしりをするような無気味な物音。

（ああ、もう助からぬ。ああ、ああ、恐ろしい！）

　ふいに、さっと短刀が宙にひらめいた。が、その時である。由美はとつぜん、世界がくるくると宙に躍るような錯乱に打たれたのだ。男の顔が――今まで自分のうえにのしかかっていた男の顔が、急にぐいとうしろへさがると、がらがらという物音、恐ろしい叫び、入り乱れた足音。その中に由美は、

「あ、貴様は名越恭助！」

と、そういう聴きなれない名前を聴いたように思ったが、そのまま、彼女はフーッ

と気が遠くなってしまったのであった。

由美は救われた。美人投票の三美人のうち由美だけは危ない瀬戸際に、由利先生や三津木俊助によって救われたのだった。

そして犯人は！

いうまでもなく、珠子の良人《おっと》の恭助だった。

「あいつは一種の気違いでしたよ」

と、その後、しだいに心やすくなった俊助は事件が落着《らくちゃく》した後、由美にむかってそう説ききかせていた。

「あいつはね、珠子のヒステリーに飽き飽きしていたんです。それに他に情婦ができたりしたもんですからね。そうすると、日ごろ猫みたいに珠子の言いなりになっていた男だが、急に恐ろしい考えを起こしはじめた。珠子を殺そう、しかし、珠子ひとりだけ殺したんじゃ、すぐ自分に疑いがかかってくる。そこで美人投票の三美人をみんな殺してしまおうと、こんな大《だい》それた考えを起こしはじめたんです。つまり西洋の青《あお》髯《ひげ》みたいな男がいて、そいつが次々に美人を殺していった、と、そういうふうに見せかけたかったんですね。つまり、あの舞踏靴なんかも、青髯のマークにしたかったんだそうです。そうして事件をできるだけ神秘的に見せようとしたわけですね」

「まあ」

今はもうすっかり恢復《かいふく》した由美は、それを聞くと思わず身顫《みぶる》いをしながら、溜息《ためいき》をつくようにいった。

「すると、あたしや文代さんは、とんだとばっちりを受けたことになりますわね。でも、これはいい教訓になりますわ。美人投票に応募しようなどという、浅はかな、大それた娘にとってはね」

そういいながら、彼女はいまさらのように、あの恐ろしい猫背男の姿を思いうかべていた。

恭助はいざという場合、博士に罪を転嫁《てんか》するつもりで、わざとあんな恰好《かっこう》をしていたのであった。

恋慕猿

猿《さる》をつれた客

「ほら、瞳《ひとみ》ちゃん、あんたの情人《いいひと》が来てよ」

朋輩《ほうばい》の一枝《かずえ》に肩をつつかれて、なにげなく入り口のほうをふりかえった瞳は、

「あら、いやだ、あたしの情人だなんて、一枝さんの意地悪、おぼえていらっしゃい」

と、相手をぶつ真似《まね》をしながら、それでもいそいそと女給溜《だ》まりからはなれると、

「いらっしゃあい。直実《なおざね》ちゃん、ばあ、いい子ちゃんね。川口《かわぐち》さん、今日もお二階？」

と、いましも、重いガラス扉《ど》を排してはいってきた、不思議なお客を迎えにたった。

「ああ」

と、不思議な客は蒼白《あおじろ》んだ顔に、いくらか極まりわるそうな微笑をうかべると、

「瞳さん、いつものとこ、空《あ》いてる？」

と、訊《たず》ねる。瞳はそれをきくと今までの愛嬌《あいきょう》はどこへやら、いっぺんに顔を固くして、

「ええ、空いてますわ。どうぞ」

と、足音あらく二階へあがっていく。

今戸《いまど》にちかい、ユーカリというカフェーで、盛り場からはかなり離れているが、それはそれなりに繁昌《はんじょう》して、女給の粒もそろっているし、店のつくりもこっている。夜になると電気蓄音器がジャンジャン鳴って、酔客の声もやかましかったが、今はお昼の二時すぎ、こういう店の一番ひまな時刻なので、女給も早番にあたる瞳と一枝しかいない。

「まだろくにお掃除もできていないのよ。お召し上がり物は？　いつものウイスキー？」

「うん、それから果物《くだもの》」

一番隅《すみ》っこの、うすぐらいボックスに腰をおろすと、川口という客は肩にのせていた妙な動物をテーブルの上へおろした。

猿《さる》なのである。そして筆者がさっきから、この男を不思議な客というのは、この猿のことなのだ。彼は三月《みつき》ほどまえから、一週間に一度か二度のわりあいで、いつも同じ時刻に、このユーカリへ現われるのだが、いつもこの奇妙な動物を肩にのっけてい

る。

年は二十七、八だろう。倦《う》みつかれたような、妙に暗い表情をしているのと、つれている猿が問題になって、どういう人だろうと、女給の間でも不思議がられていた。

瞳はいったん階下《した》へおりたが、すぐおあつらえ物をもってあがってくると、

「川口さん、またあのお連れさんいらして？」

と、怨《えん》じるように男の額《ひたい》をみる。

「ああ」

男はいくらか頬《ほお》をそめていた。

「そう、それじゃ」

と、瞳はためいきをつくように、

「この直実ちゃんが邪魔になるでしょう。あたしがまたお守《も》りをしててあげましょうか」

「ああ、そう願えたらありがたいね。こいつめ、妙に君に馴《な》れているんでね。それに……」

と男はいくらか言いにくそうに、

「あの女《ひと》ときたら、こいつがとても嫌《きら》いで……」

「ええ、いいわ。さあ直実ちゃんいらっしゃい。あなたがいると邪魔になるんですっ

てさ」

瞳が手をだすと直実という猿は、林檎《りんご》をいっぱい頬ばったまま、キイキイ嬉《うれ》しそうな声をあげて、ひらりとその肩へとび移った。

「ほんとに不思議だねえ。どうしてこいつ、こんなに君になついたんだろう」

「ほほほほほ、直実ちゃんはいい子ねえ。さあ、あの方が見えないうちにいきましょう」

瞳が猿を抱いたまま、階段の途中までおりてくると、下からあがってきた婀娜《あだ》っぽい女が、すれちがいざま猿を見て、

「おやまあ、あの人、またそんなもの連れてきてるんですの？」

と、さも忌ま忌ましそうに眉《まゆ》をひそめる。

動物には一種不思議な本能があって、自分を好いてくれる人間と、そうでない人間の識別《みわけ》がつくらしい。直実はいつもこの女を見ると、眼をいからせ、歯をむき出して、いまにも跳《と》びかからんばかりの勢いを示すのである。

「あら、直実ちゃん、いけませんてばいけません。さあ、どうぞ、お待ちですわ」

いきり立つ猿をおさえて、一息に階段をかけおりた瞳は、今にも泣き出しそうな顔だった。

「あら、瞳ちゃん、また猿のお守り？　あんたもお人好《ひとよ》しね。ほっといてやればいい

のに。ほんとにいけすかない女ってありゃしない」

一枚はさも忌ま忌ましそうに舌打ちしたが、その言葉も耳に入らず、土間の隅に腰をおろした瞳は、うっすら涙ぐんでいる。

いったいこの猿に、なぜ直実などという名がついているのか、それを説明することが、ひっきょう瞳と川口のなかの説明にもなるので、ここにちょっと書いておこう。

川口が二階であの女にあうようになったのは、ごく最近のことで、それまではいつも階下の隅っこで、猿を相手にひとり淋《さび》しく酒をのんでいたが、なにしろ、猿をつれた客というので、はじめはだれも気味わるがって近寄らなかったが、そのうちこういう事件があった。

ある時、このカフェーの壁に、芝居か活動のポスターなのだろう、熊谷《くまがい》・敦盛《あつもり》の、あの一谷《いちのたに》の呼びもどしをかいた絵がブラ下げてあったが、それをみると、いつもは至《し》極《ごく》おとなしい猿が、にわかにキャッキャッと騒ぎだして、その騒ぎは、川口の頼みで、女給がポスターを投げてやるまでおさまらなかったのである。

「どうもすみません。たいそうお騒がせしましたが、不愍《ふびん》な奴《やつ》で、こいつはもと猿芝居の太夫《たゆう》でして、熊谷次郎《じろう》直実が十八番《おはこ》だったんです。ところが、その時分敦盛をつとめる猿というのがこれの配偶《つれあい》だったんですが、その牝猿《めすざる》が肺炎でなくなった時の、こいつの嘆きというのは、はたの見る眼もいじらしいくらいでした。御覧なさい。敦盛のかおに頬ずりしているでしょう。畜生ながらもこの絵姿が、女房の十八番の役だったことが分かるんですね」

川口の説明をきくと、女給たちはいっせいにまあと感にたえた眼をみはった。

「まあ、それじゃあなた猿芝居にいらしたの」

「ええ、しばらくね、とんだところでお里が知れてしまいましたね」

川口は陰気な声でわらったが、それ以来、女給たちの彼を見る眼がかわってきた。わけても瞳は、その話をする時の、川口の妙に悲しげな、陰翳《かげり》のある表情がながく眼についてはなれなかった。

「あの方、猿芝居にいたなんてほんとかしら。そんな方にはみえないけど」

瞳はいつかしら、素姓《すじょう》も知れぬこの男に、つよく心をひかれていく自分を感じていたが、そのうち突然、彼女のまえに強敵が現われたのである。そしてその強敵というのが、いま二階で川口とさしむかいになって話している。……

「瞳ちゃん、二階、妙にしずかだけど、だいぶ話がこみいっているらしいわね」

「そうねえ」

「あんた、あの女をどう思う」

「どうって。——」

瞳にはまさか、女のいまの身分をあからさまに言い切る勇気はなかった。

女はすぐ近所の今戸の川ぷちに住んでいるお囲い者で、名前を柴田《しばた》珠子《たまこ》という。パトロンはもと、市会議員までしたことのあるお髭《ひげ》の紳士とやら、すぐ眼と鼻のあいだのことだから、ユーカリの女給で、そういう話を知らぬ者はひとりもない。

「いえね、あの女ね、ほら柴田珠子という女さ。ありゃ川口さんとはずっと旧《ふる》い仲にちがいないよ、だってさ、よく気をつけてごらん、二人ともかくしているけど、どうかすると東北訛《なまり》が出てくるもの」

「そうねえ」

瞳はまえからそのことに気がついていた。いまから思えば、川口がこのカフェーへ来るようになったのも、近所にすんでいる女の様子を探るためらしかった。それがいつか、焼け木杭《ぼっくい》に火がついて——だが、まだ二人のあいだが、しっくりいってないらしいことはだれの眼にもわかる。

「瞳ちゃん、馬鹿ねえ。あんな素姓も分からない人、あきらめなさい。それに、昔馴《な》染《じ》みかどうか知らないけど、いまはれっきとしたパトロンのある女に、未練が残っているような男を想っていたって、末しじゅう、ろくなことはありゃしないわよ」

一枝が、そんなことをいっている時、二階でガチャンと物を投げつけるような音がした。

はっとして、二人が天井を見上げていると、ド、ド、ド、ドと、すさまじい音をた

てておりてきたのは、今噂《うわさ》していた珠子である。二人をみると、さすがにはっとして乱れた髪をかきあげながら、

「ほほほほほ、すみません。ほんに気《き》狂《ちが》いですわ。馬鹿馬鹿しいったらありゃしない。あんな青二才に殺されてたまるもんか」

わけのわからぬことをいいながら、急いで表へとび出したが、そのあとで顔見合わせた二人が、おそるおそる二階へあがってみると、川口がテーブルのうえに顔をふせて、髪の毛をかきむしりながら泣いていた。

ふと見ると、床《ゆか》のうえには果物をむくナイフが、折りからの西陽《にしび》をすって、妙にしらじらと光っている。瞳と一枝は、これをみるとすぐ何事が起こったか、わかるような気がして、思わず硬《こわ》ばった顔を見合わせた。

猿と羽子《はご》板《いた》

その晩、瞳はお店のほうに泊まりの番だった。

場所がら、朝かなり早い客があったりするので、いつも二人ずつ交替で泊まることになっているのだけれど、今日の相手は昼もいっしょだった一枝である。

一枝はさっきからよく眠っているのに、瞳は妙に頭がさえて寝られない。かんばん

まえに酔っ払いの客があって、すきでもない酒を無理矢理にのまされたせいか、頭の芯《しん》がジンジン痛んで、息がつまりそうなほど苦しい。

泊まり部屋は二階のおくにある四畳半ばかりの、洋風まがいの部屋に畳がしいてあるのだけど、風通しは悪いし、天井はひくいし、おまけに夜具の襟《えり》がよごれていやな匂《にお》いをたてるし、そんなことが気になり出すといよいよ瞳は眠れそうになくなった。

さて、眠れぬとなると、頭にうかぶのは川口のこと、そして今日のあの始末。

(川口さんはあの女《ひと》と、無理心中でもしようと思ったのかしら)

そんなことを考えると、瞳は悲しさがこみあげてきて、思わず寝間着の袖《そで》をかんだ。

(あの人、きっと長いあいだ、珠子さんを探していたにちがいないわ。そして、やっと探しあててみると、女のほうですっかり心変わりがしているので、急に自棄《やけ》になったのだわ)

今日川口が、猿の直実を肩にのせて、帰っていくときの、何んともいえぬ悲しげな表情が、瞳の眼から消えなかった。

「長いこと厄介《やっかい》になりましたね。せっかくお馴染みになったけど、もう二度と会うことはありますまい。こら、直実、おまえも瞳さんによく御《ご》挨拶《あいさつ》せんか」

そういった時の、男の虚脱したような表情が、いまも眼のまえにうかぶ。

「あの方、珠子さんにすてられて、きっとまた猿といっしょに、旅に出るにちがいないわ」

　悲しみというものは、考えれば考えるほど深くなるものだ。瞳はいよいよ、堪えられぬ想いで、寝間着の袖をかんだまま、ポロポロ涙をこぼしていたが、と、その時だ。何かしらキイキイと窓ガラスをひっかく音がきこえたので、

「おや」

　と、瞳が頭をあげると、ほんのりと月光を浴びた窓のカーテンの向こうに、何やら黒い影がムクムクと動いている。

「あら」

　と、呼吸《いき》をのんだ瞳は、

「一枝さん、一枝さん、起きてよ、ちょっと起きてよ」

　と、急いで朋輩《ほうばい》をゆり起こした。その間も窓の影はひっきりなしに動いて、しきりにキイキイ、ガラスをひっかいている。瞳はいよいよ怖くなって、

「一枝さんてば、よう、一枝さん、起きてちょうだいよう、あたし、怖い……」

　いまにも泣き出しそうな声をあげたが、その声にやっと一枝が眼をさました。

「あらあ、瞳ちゃん、まだ寝ないの。どうかしたの？」

「ど、どうもこうもありゃしないわ。あれ……あれを見てちょうだい」

　一枝も窓の影をみると、はっと呼吸をのんだが、それでも気丈者らしく、

「だれ？　そんなところにいるのは？」

と、声をかけた。しかし、相手はそれに返事をするかわりに、いよいよ激しくガラスをひっかく。

「だれだい、今ごろ、女ばかりだと思って悪戯《いたずら》をすると、承知しないよ」

一枝はたってカーテンをあけると、さっと窓ガラスをひらいたが、そのとたん、さあーっと風をまいて跳びこんできたのは、何やらわけの分からぬ一個の小動物だ。そいつが鞠《まり》のように瞳のからだにとびついてきたから、

「きぁーっ」

瞳はおもわず尻餅《しりもち》つく。その間にカチッと電気のスイッチをひねった一枝は、

「あら、おまえ、直実じゃないか」

と、頓狂《とんきょう》な声をあげた。

瞳はまるで、魔物にでも跳びつかれたように、歯をくいしばっていたが、その声にはっと眼をひらくと、なるほど、彼女の膝《ひざ》のうえでモグモグ口を動かしているのは、たしかに猿の直実ではないか。

「あら、ほんとに直実ちゃんだ。まあ、おまえ、いまごろいったいどうしたの」

訊《たず》ねたところで、むろん猿が答えるはずがない。見るとなにやら板のようなものをもって、しきりに眼をパチクリさせている。

「あら、瞳ちゃん、それ、羽子板《はごいた》じゃない」

「まあ、ほんとだわ。どこからこんなものを持ってきたのかしら」

一枝がその羽子板をとろうとすると、直実はキーッと皓《しろ》い歯をむき出した。

「あら、怖い」

「直実ちゃん、いい子ちゃんね。さあ、ちょっとあたしにその羽子板みせてごらん」

瞳が手を出すと、直実は素直に羽子板をわたしたが、そのとたん、

「あら、敦盛《あつもり》よ」

瞳と一枝は思わず眼を見交わした。なるほど、みればその羽子板には、馬を波間にのり入れた敦盛のすがたが、色彩《いろ》美しく押し絵にしてあるのだった。

「まあ！」

と、感に堪えたように呼吸《いき》をのみこんだ二人は、

「可哀そうに、この姿だけはよくわかるのね」

「でも、いったいどこからこんなものを持ってきたのかしら。それに川口さんはどうしたんでしょう」

二人はまだ不審のさめやらぬ眼を見交わしていたが、その時ふいに、一枝が頓狂な声をあげた。

「あらあら、たいへん、瞳ちゃん、あんたのその胸どうしたの、あっ、その手、あら、

ここにも、ここにも、瞳ちゃん、それ血じゃない？」

一枝の声に、じぶんの身の周囲《まわり》を見廻《みまわ》した瞳はふいに、

「あれえッ！」

と、叫んで立ちあがった。自分の胸も、手も、それから蒲団《ふとん》といわず畳といわず、べたべたに赤いものがついている。よくみると、直実のからだ一面、まっ赤に血で塗《まみ》れているのだった。

「まあ、直実ちゃん、あんた、どこか怪我《けが》をしているの」

しかし、調べてみたがどこにも怪我はない。ケロリとして彼は羽子板を抱きしめているのである。

「瞳ちゃん」

ふいに一枝がむんずと瞳の腕をにぎった。

「あんた、あんた、あれ、知ってる？」

一枝の声が、異様にふるえているので、

「あれ？　あれってなんのことよ？」

と、瞳もおもわず声をふるわした。

「あれよ、ほら、柴田珠子ね、川口さんのあの女――あの女の道楽のことよ」

「え？　珠子さんの道楽って？」

「ほら、あの女《ひと》、羽子板をあつめるのが道楽だっていうじゃないの。ひょっとすると、この羽子板、あの女のところから持ってきたんじゃない？　そして、この血は――この血は――」

一枝にもそのあとは続けられなかった。

しかし瞳はもうこれ以上きくまでもない。今日の昼、川口のそばにころがっていた、あのナイフの色がはっきりと、彼女のあたまによみがえってきた。

「それじゃ、川口さんが……」

いいかけて、瞳はおもわず呼吸をのんだ。

猿におびえる夫人

その翌朝、今戸の川ぷちにある、柴田珠子の家は大騒ぎだった。

一枝や瞳の想像にたがわず、隅田《すみだ》川に面した珠子の座敷は、蘇《す》芳汁《おうじる》をぶちまけたようにまっかにそまって、その血のりのなかにしどけない姿でたおれていた珠子のすがたは、牡《ぼ》丹《たん》の花がくずれたように、妖《なまめか》しくもまた美しかった。

白い乳房のうえをぐさりとひと突き、鋭い傷をうけているのが、珠子の致命傷だったが、そのほかにも、象牙《ぞうげ》のように白い肌《はだ》いちめん、火星の運河のように、鋭い爪《つめ》のかき傷がのこっているのは、おそらく、猿《さる》の直実がひっかいたものだろう。

なるほど、噂《うわさ》にたがわず珠子は羽子板の蒐集《しゅうしゅう》家だとみえて、座敷のなかは、床《とこ》の間《ま》といわず、長押《なげし》といわず、数にしておよそ十五、六枚の羽子板が、ズラリと飾ってあったが、その羽子板の美しい顔が、無言の微笑をうかべながら、じっと血みどろの座敷を見下ろしているところは、なんともいえぬほどものすごいながめだ。

いったい、こういう惨劇が、どうしてこうも早く発見されたかといえば、いうまでもなく一枚のうったえによるもので、一枚は夜が明けるとすぐ、血《ち》塗《まみ》れ猿のことや羽子板のこと、さては昨日あった川口と珠子との葛藤《かっとう》などを、近所の交番にうったえて出たのである。

警官もはじめのうちは、半信半疑できいていたが、それでも相手があまり熱心なので、念のため、珠子の住居を訪ねてみたが、どうも様子が変なのである。そこで無理に玄関をこじあけて中へはいるとあの騒ぎ。

「ほんとにあたし、びっくりしちゃった。いえね、うすうすそうじゃないかと思っていたんだけど、あの羽子板の間《ま》の血みどろなのをみた時には、いまにも気が遠くなりそうだったわよ」

警官といっしょに、さいしょにあの惨劇を発見した一枚は、その後、客があるごとに、その話をきり出すのが常だった。

閑話休題。

さて、驚いたのは警官だ。一枝を帰すと、すぐ署へ電話をかける。象潟《きさがた》署からはすぐ司法主任の一行がかけつけてくる。やがて今戸の界隈《かいわい》は大騒ぎになった。

調べてみると、表のほうの戸締まりは厳重だったが、河に面した雨戸がいちまい、むりやりにこじあけてあった。犯人はどうやらそこから押し入ってきたものらしい。

それにしても、これだけの住居に、召使がおらぬというのは不思議だと話しあっているところへ、ひょっこり勝手のほうからはいってきたのが、この家の婆《ばあ》やでお源《げん》という女だった。彼女もすでに、近所で話をきいてきたとみえ、真《ま》っ蒼《さお》に唇《くちびる》のいろもあせていた。

さて、彼女の話によるとこうなのである。

昨夜は珠子のパトロンにあたる人がくる晩で、そういう晩には、婆やはいつも、駒《こま》形《がた》にある姪《めい》のところへ泊まりにいくことになっているので、昨夜も宵《よい》のうちから出かけたという。

なるほど、そういわれてみれば、沓脱《くつぬ》ぎには柾目《まさめ》のとおった男の下駄《げた》もあるし、衣《い》桁《こう》にはラッコの毛皮のついた二重廻し、それにベロアの帽子、そのほか渋いお召しの男物の着物がひと襲《かさ》ねかけてあった。

してみると、昨夜パトロンがやってきたことは間違いない。しかし、そのパトロンはどうしたのだろう。まさか裸のままで出ていくという法はあるまいが。……

「いったい、その旦那《だんな》という人はどういう人だね」

「はい、なんでもお宅は駿河《するが》台《だい》にあるとか聞きました。矢野目《やのめ》さまとおっしゃるので……、矢野目廉造《れんぞう》さまとおっしゃいます」

「なに？ 矢野目廉造、——？ 矢野目廉造といえば、ずっとまえに市会議員をしていた人じゃないか」

「はい、そういうお話でございます」

それをきくと司法主任は思わず顔色をかえた。

「おい、だれか駿河台の矢野目家へ電話をかけて、昨夜御主人はお帰りかどうかきいてみてくれ。そして帰っていないようだったら、だれでもいいからすぐこちらへ来てくれるようにって、……」

騒ぎは急に大きくなった。

かりにも、前市会議員が関係しているとあっては、なかなか忽《ゆるが》せにはできない。司法主任が緊張した面《かお》でまっていると、電話の返事はこうであった。

「やっぱり主人は昨夜帰らないそうです。そして、夫人がすぐこちらへ来るという話ですが」

司法主任はそれをきくと、思わず座敷から身をのり出して、すぐ下を流れている隅田川の流れに眼をやった。もしや……という、不吉な考えが、さっとその時、警部の頭をかすめたのである。

さてこちらはユーカリの店先だ。その時分、瞳と一枝が土色になって、ひそひそ話に耽《ふけ》っていた。瞳の膝《ひざ》には、猿の直実が、ムシャムシャとしきりに蜜柑《みかん》を頬張《ほおば》っている。

「ねえ、一枝さん、あんたやっぱりあの人が犯人だと思う」

そういう瞳はいまにも泣きだしそうな表情《かおいろ》だった。

「仕方がないわ。なにもかも証拠がそろってるんですもの。あたしみたのよ。べたべたと血のついた座敷の中にね、この直実が歩きまわった跡がついていたの」

一枝はいまさらのようにゾッと肩をすくめる。

「だって、それじゃどうしてあの人、この猿をおいていったんでしょう」

「さあ、そんなこと分からないけど、瞳ちゃん、あんたつまらない心中立てなんかしちゃ駄目《だめ》よ。いまにあたしたちも調べられるにちがいないけど、その時は、何もかも正直にいうのよ。あの人、女ばかりじゃなく、旦那のほうも殺《や》ったらしいの。いま、あたしチラと聞いてきたけどね、それで、旦那の奥さんというのが、いまにここへ来るはずよ」

そんなことを話しているとき、ユーカリのまえに自動車がとまって、中から毛皮の襟巻《えりまき》をした、四十前後のいかにもしっかり者らしい夫人が、心持ち青ざめた顔をしておりてきた。

「ちょいと、瞳ちゃん、ごらんよ、あの女《ひと》がそうにちがいないわ」

一枝が瞳の袖《そで》をひいたときである。何を思ったのか、いままで無心に蜜柑をむいていた猿の直実が、急にパッと瞳の膝からとびおりると、タラタラタラと、表のガラス扉《ど》のところへとんでいって、しきりにキイキイいいながら跳《は》ね出した。

「あら、直実ちゃん、どうしたの。こっちへいらっしゃい。まあ、どうしたのよ」

瞳はあわてて駆けよって、ものに狂ったようにあばれ廻る直実を抱きあげたが、その時、毛皮の襟巻をした夫人が、どすんと泥溝《どぶ》板《いた》をふみはずして、それからあわてて横町へ曲がる姿が、チラといぶかしく瞳の眼にうつった。

写真の女

世の中には物好きな人間がたえないとみえて、その晩のユーカリの繁昌《はんじょう》ときたらお話にならない。馴染《なじ》みという馴染み客が、全部そこにあつまって、一枝と瞳は一躍ユーカリのスターになった。

瞳は今日あれから、警察へよび出され、さんざんいろんなことを訊《たず》ねられて、さっき帰ったばかりなので、頭ががんがんしてそれどころではなかったが、一枝の方は大得意だ。

「なんしろ、ねえまあさん、真夜中に血まみれの猿がとびこんできたんでしょ。あたしも瞳ちゃんもキャーッって抱きついちゃったわ。それからねえはあさん」

と、今度は別の客のほうへ向いて、

「今朝、あたしお巡りさんといっしょにあの家《うち》へいったのよ。そしたらほら、あれでしょう。あらいやだいやだ、思い出してもゾッとするわ。あたしどうしよう、今夜はとてもひとりで寝られやしないわ。それからねえ、みいさん」

と、さらにもひとりの客に向かうと、

「あたし、パトロンの奥さんてのを見たのよ。今日、このまえで自動車からおりたんだけど、とても高慢ちきな女よ、妙におたかくとまっててさ、旦那様が浮気をするのも無理はないと思うと、ざまあ見ろっていってやりたかったわ。ほんとにいい恥さらしですものねえ」

「しかし一《かず》ちゃん、あの旦那は殺されていたんじゃなかったそうだぜ」

「そうそう、寝ているところを、ふいにぐるぐる巻きに縛《しば》られて、舟にのせて流されたんだそうだ。それで、今日ひるごろ、佃《つくだ》のへんでブカブカ浮いているのが見つかったというぜ」

「ええ、そんなことが夕刊に出てたわね。業《ごう》さらしだわずいぶん。ほとんど裸みたいな姿だってえじゃないの、ふふふふ」

実際、矢野目廉造氏は殺されていたのではなかった。見るにたえないあらわな姿のまま、ぐるぐる巻きにしばられ、あまつさえ猿轡《さるぐつわ》さえかまされたまま、隅田川の下流にブカブカと漂うているのが発見されたのである。

「なんでも、寝入りばなの、しかも暗闇《くらやみ》のなかの出来ごとだから、犯人の姿も分からなかったし、すでにその時、珠子が殺されていたのか、それともそのあとで殺されたのか、それも分からないって話だけど、いずれにしてもとんだ恥さらしだなあ」

「ほんとよ。あの奥さん、それをきいたらどう思ったろう。だから浮気はおよしなさいって、いまごろは旦那さま、ぎゅうぎゅういわされてるにちがいないわ」

一枝の言葉に、一座はどっと笑いくずれる。

「それにしてもあの男は可哀そうだな。ほら、川口って男さ」

「そうそう、あたしも夕刊を読んで、はじめてあの人の過去を知ったのよ。東北の人にちがいないと思ってたけど、やっぱり仙台の人だったのね」

「ふん、仙台で銀行員をしている時分、珠子という女と同棲《どうせい》していて、あの女の虚栄心を満足させるために、つい銀行の金を使いこんだところから、三年あまり喰らいこんでいたんだというね」

「ほんとに可哀そうだわ。あたしね、先《せん》から瞳ちゃんと、妙に陰翳《かげ》のある人だって話していたのよ。だれだって、刑務所から出て、長い苦労の末、女を探しあててみれば、これが心変わりしてる、と、そうなればかっとするわねえ」

「だいぶひどいことを書いた、脅迫状みたいなものが、珠子の家から発見されたというが、それにしてもあの男、もうつかまったかな」

瞳はもうそれ以上、こういう仲間にはいっているにたえられなかった。彼女はいまにもわっと泣き出したいのを、やっとこらえて、その一座からぬけ出すと、二階の泊まり部屋へとびこんで、そこでさんざん泣いた。あんなことをしでかした以上、あの人とても生きちゃいないわ。きっと今ごろ、どこかで死んでいるにちがいないわ。——そう思うと、涙があとからあとから湧《わ》き出してくる。

前科者だった。しかも珠子のような女と同棲していたような男だった。——と、そう考えてみても、少しも川口がいやにならなかった。かえって、あの妙に淋《さび》しい笑顔がいまも眼のまえに散らついて、二度ともう会えぬ人かと思うと、いとおしさがいっそう切実になってくる。

(川口さん、川口さん、なぜあんたあんな無考えなことをなすったの。なぜ、あたしに打ちあけてくださらなかったの)

瞳は声をのんで泣いていたが、その時、ふと手に触《さわ》ったのはあの敦盛の羽子板《はごいた》である。猿の直実は警察へもっていかれたが、不思議にこの羽子板のことはだれもわすれていた。

瞳はじっと、敦盛の美しい顔を見つめているうちにまたもやハラハラ涙が落ちてくる。いつか川口の話した言葉が、いまさらのように思い出されるのだ。猿の直実が、亡くなった牝猿《めすざる》を慕うように、あの人自身も自分のすてた女を慕って東京へ出てきたのだ。そう考えると、あの時の川口の話しぶりの、妙に悲しげだったのがいまさらのように思い出される。

瞳は思わず、きつく羽子板を抱きしめたが、その時、ふと妙なことに気がついた。直実がおもちゃにしている間《ま》にひっぺがしたのだろう。敦盛の首が半分ちぎれそうになっていたが、みるとその押し絵と、板のあいだに、何やら、紙のようなものがはさんであるのだ。

「おや、何かしら?」

瞳はいぶかしそうにその紙をとり出してひろげてみると、何やらむつかしい書類のようなもので、矢野目廉造という署名の下に、判までピタリと押してある。瞳はおもわずおやと眼をそば立てた。

ちょうどその時、階下《した》のほうから、

「瞳ちゃん、瞳ちゃん、おりていらっしゃい。とてもいいものよ。見せてあげるからおりていらっしゃいよ」

と、あわただしく呼ぶ一枝の声に、瞳はあわてて書類をふところにねじこむと、涙をふいて下へおりていった。

「やあ、瞳、どうしたい、泣いていたんじゃないか。瞼《まぶた》がはれているぞ」

いま来たばかりらしい、山下《やました》という、いつも瞳の顔さえみると、いやらしいことをいうきざなモダンボーイが、一座のなかで傲然とうそぶいている。いやな奴――瞳はそのほうへは見向きもせず、

「どうしたの、一枝さん、何を見せてくれるのよう」

「やあさんがね、とても素晴らしいものを持ってきてくれたのよ、ほら、これを御覧なさいな」

一枝がとり出したのは、いま焼き付けたばかりらしい、名刺型の写真なのだ。瞳はなにげなくその写真を取りあげたが、とたんに、さあーっと血の気がひいた。どこかにぎやかな通りらしい、自動車が一台とまっていて、中から女がドアを半分ひらいている。そしてそのステップに片足をかけたまま、何気なくこちらをふりむいているのは、まぎれもなく川口ではないか。間違いはない。肩にはあの眼じるしの直実がチョコナンと坐っているのだもの。

「どうだい、瞳、君のいい人が女と逢曳《あいびき》しているところを見つけたから、早速パチリ

とやってきたんだ。はははは、でもよかったよ。これが形見の姿になった。瞳、君にやるから毎晩、これを抱いて寝たがいいぜ。そう思っていま、大急ぎで焼きつけてきたんだ」

　瞳と川口のことをかねて知っている山下は、夕刊をみると大急ぎで焼き付けたらしい。

「まあ、山下さん、だけどこれいつの写真？」

「昨日《きのう》さ。ほら、そこに電気時計がうつってるだろ。昨日の夕刻五時十五分まえの写真さ」

「そして、これどこ？」

「いやに詮議《せんぎ》がきびしいね。上野《うえの》の山下《やました》だよ」

「まあ、そうすると、ここを出ていってから間もなくのことだわねえ、瞳ちゃん」

　一枝の言葉も耳に入らぬのか、瞳は一心に写真を眺《なが》めていたが、ふいにあっという叫びをあげると、みるみる真《ま》っ蒼《さお》になり、何やらきっと考えていたが、ふいにさっと立ちあがると、

「やあさん、この写真、いただいていってよ」

　と、それだけいうと、一枝の声も、山下の声も、さてはほかの客が口々に騒ぐ言葉も、まるで耳に入らぬように、瞳は一散に表へとび出した。

恐ろしき夫婦

「お願いです、お願いです。警部さんに会わせてちょうだい、今朝の事件のことでまいりました」

血相かえて、瞳がとびこんだのは、今日さんざんに調べられた象潟署である。

「やあ、おまえはユーカリの女給じゃないか。なにか新しい聞き込みでもあったのかい」

幸い刑事は瞳の顔をおぼえていたし、それに司法主任もまだ署内にのこっていた。

「おお、瞳、どうかしたかね」

司法主任の部屋へとおされると、瞳はいきなり、

「警部さん、これを見てください、いえ、これよりこっちの方を先に見てちょうだい」

瞳がとり出したのは、さっき羽子板の裏から見つけた書類である。何かしら、ひとかたならぬ瞳の表情《かおいろ》に、警部は不思議そうに書類をとりあげたが、読んでいくうちに、あっと低い叫び声をあげた。

「瞳、おまえ、これをどこから見つけてきたのだ」

「羽子板の裏からですの。ほら、今日お話ししたでしょう、直実――あの猿ですわ、あの直実ちゃんが、珠子さんとこから持ってきた羽子板の裏から見つけたんですの」

瞳は必死となって警部の顔を見ながら、

「ねえ、警部さん、矢野目さんが市会議員をしている間に、大きな疑獄事件がありましたわねえ。矢野目さんもひっぱられたけれど、証拠不十分とやらでかえされたそうですわねえ。あたしお客様からきいたんですけど――。でも、あの人やっぱり関係があったんですわ。その書類が何よりの証拠ですわ」

「瞳、おまえこれを読んだな」

「ええ、読みましたとも」

瞳は息をはずませて、

「矢野目さんはそういう証拠を珠子さんにあずけておいたのですわ。ところで警部さん、もし珠子さんがこの証拠をたねに、矢野目さんに難題をふきかけたとしたらどうでしょう。矢野目さん、珠子さんを殺してでも、証拠の品を取りもどしたいとは思わないでしょうか」

「瞳、何を言う！」

「いいえ、分かってますわ。珠子さんを殺したのは矢野目さんです。そして矢野目さんは、きっと川口さんも殺してしまったにちがいありませんわ」

「馬鹿な、これ、瞳、少し落ち着いたらどうだ。珠子を殺したのは川口という男にきまっているじゃないか。でなければ、川口の猿が現場《げんじょう》にいるわけがないじゃないか」

「いいえ、いいえ、それはみんな矢野目さんが、川口さんに罪をきせるための狂言なのですわ。矢野目さんは、珠子さんからあの人の話をきくか、それともあの人の手紙をみるかしたにちがいありません。警部さん、これを見てちょうだい」

瞳はもう必死の面持《おもも》ちだった。唇《くちびる》まで真っ蒼になりながら、警部のまえにつきつけたのは、山下がスナップしてきたあの写真なのだ。

「なんだ、この写真は――？　おお、ここに猿をつれているのが川口という男かね」

「ええ、そうですわ。そしてこの写真はそこの電気時計でもわかるように、昨日の夕方、五時十五分まえにうつしたものですのよ」

「それがどうかしたかね」

司法主任もしだいにひきこまれてくる。瞳のいおうとするのがなんであるか、にわかに熱心の表情《いろ》をうかべて、彼女と写真のおもてを交《かわ》るがわる眺めている。瞳は胸にせまってくるこの思いを、どういうふうにいったらいいか、いかにももどかしそうな調子で、

「五時といえば、まだ珠子さんが生きている時分ですわ、ね、そうでしょう。ところで警部さん、その自動車にのっている女がお分かりになって？」

警部は写真をのぞくようにしながら、

「さあ、分からんね。どうも光線が暗いし、それにこの女、ヴェールをかぶっているらしいじゃないか。おまえにこの女が分かるのか」

「ええ、あたしにも顔はわかりませんの、でも、ほら、ドアの窓に手をかけて、その手が馬鹿に大きくうつっているでしょう」

「うんうん」

「その手に大きな指輪がはまってますわね」

「うん、馬鹿にごつい指輪だね」

「あたし、今日それとそっくりの指輪をはめた人を見ましたの」

「ほほう、それはいったいだれだね」

「矢野目さんの奥さんですわ」

警部はふいに、すっくと椅子《いす》から立ちあがった。そして世にも複雑な表情《かおいろ》で瞳の顔を見つめていたが、次に口をひらいた時には、何んともいえぬほどやさしい、慈愛にみちた口調だった。

「瞳――ほんとうかね」

「ほんとうです。そしてその写真をとった人の話によると、川口さんはそのまま自動車に乗っていってしまったそうですの。だから、だからいまごろは――」

警部はその話をしまいまで聞いてはいなかった。彼は大急ぎで私服を呼ぶと、何やら耳打ちしていたが、刑事が出ていくと、瞳のそばへ寄ってきて、まるで娘をだくように、そっとその肩に手をおいた。

「瞳、こいつが事実だとすると、おまえ、大した手柄だぞ。しかし、おまえのような年端《としは》もいかぬ娘に、どうしてこんな複雑な事情がわかったのか、——ああ、そうだ、川口という男は、おまえの店の常連だったそうだな。いや、泣かんでもいい。泣かんでもいい」

司法主任はそれから、亢奮《こうふん》したおももちで、部屋の中を歩き廻っていたが、やがてそこへ、二、三人の刑事が、どやどやとひとかかえの羽子板をもってかえってきた。おおかた、珠子の家から持ってきたのだろう。

「いいか、その羽子板の押し絵をひっぺがすのだ。注意しろ、中に書類のようなものがはいっているかもしれないからな」

司法主任の言葉に、刑事はかたっぱしから羽子板をひっぺがしにかかったが、

「ああ、ありました」

「これにもありましたよ」と、十五、六枚の羽子板のなかから出てきたのは、都合《つごう》六通の書類である。警部はそれに眼を通していたが、

「フーム、これだけでも矢野目廉造を検挙するには十分だ。瞳、礼をいうぞ、こいつ

は大事件だ」

それから後の署内の騒ぎはいうまでもない。電話のベルが鳴る、刑事や巡査が右往左往する。事件が外部へもれてはならぬというので、瞳はそのまま、鄭重《ていちょう》に署内の一室にとめおかれたが、その明け方、満面に喜色をうかべてどやどやと帰ってきた司法主任は、瞳を見るといきなりそのからだを抱きしめて、

「瞳、ありがとう、ありがとう、大成功だ。象潟署近来の大捕り物だったぞ。だがな、それだけのお礼はすることができたから喜んでくれ。だれかそこにいる男をつれてきてくれ」

言下にドアをひらいて、刑事がつれて入ってきたのは、ああ、夢ではないか、すでに殺されたとばかりあきらめていたあの川口ではないか。

「まあ、川口さん！」

「瞳ちゃん！」二人はひしと抱きあって、そのままよよとばかりに泣きくずれてしまったのである。

その翌日の新聞は大騒ぎだった。

鬼畜の元市会議員夫妻、――女給さんの大手柄――危なかりし青年の命。

そんな記事が初号活字でべたべた出たので、瞳は一躍東京じゅうの人気者になってしまった。事実、刑事の踏みこみがもう一刻おくれたら、川口は矢野目夫妻に毒殺さ

れてしまうところだったのだ。

その後、取り調べがすすむに従って判明したところによると、矢野目夫妻の計画は、瞳の推測と寸分《すんぶん》もちがわなかった。

矢野目はいろんな瀆職《とくしょく》事件に関係していたが、それらの金員の受領の場合、いつも珠子の家が選ばれていた。つまり珠子は、すっかり矢野目の尻尾《しっぽ》をにぎってしまったわけだ。おまけに証拠書類をどこかへかくしてしまって、それをたねに、ちかごろ莫《ばく》大《だい》な金を矢野目に要求しはじめたのである。

すっかり当惑した矢野目は、そこではじめて事情を夫人にうちあけた。夫人の生家《さと》が有名な金持ちなので融通を頼もうと思ったのだが、ここで夫人は珠子に対して、二重の憤りをかんじたわけだ。

一つは嫉妬《しっと》と、もう一つは一家の恥辱ということである。気位《きぐらい》の高い夫人は、良人《おっと》の瀆職事件が暴露《ばくろ》するということ、しかも、その秘密が良人の隠し女に握られているということ——考えてみても気が狂いそうだった。

ちょうどその折りから、矢野目が川口のことや、川口から珠子に送った脅迫状めいた手紙のことを探ってきたので、賢い夫人はたちまち一策を案じた。珠子を殺してしまおう、そしてその罪を川口にきせよう——それが夫人の鬼畜のような考えだったのだ。

珠子を殺してしまえば、ほかに親戚《しんせき》のない女だから、いずれ家具財産は全部こちらへ引きとることができる。そうしたらゆっくり証拠書類を探そうと、そういう考えだったのだが、どっこい、直実の敦盛に対するふかい思慕から、ひと足さきに書類のほうが暴《あば》かれてしまったというわけだ。

さて、こういう相談がまとまると、夫人がまず第一に川口を誘拐《ゆうかい》してしまった。あとから聞くと、夫人は珠子と親しいもので、もう一度珠子に話をしてあげようと、そういう口実のもとに川口に近づいたのだそうである。そしてそのまま、川口を自分の屋敷につれこんでしまった。むろん、自動車の運転手は良人の矢野目その人だった。そうしておいて、その晩矢野目はなに喰わぬ顔で珠子の家へいくと、真夜中ごろ珠子を殺してしまった。そのあとから、猿をつれて夫人が出かけて、良人を縛《しば》って舟にのせ、それを隅田川へ流すという趣向だ。

むろん、これは良人に罪がかからぬようにするためだったが、もう一つは、良人に対する一種辛辣《しんらつ》な夫人の復讐《ふくしゅう》でもあったのである。

そのあとはもう言うまでもない。夫人は証拠の猿をおいてかえったが、この直実は、床《とこ》に飾った羽子板の中から、夢にも忘れぬ敦盛の姿をみつけると、それをかかえて家を抜け出したのが、夫婦の罪の発覚の端緒となったのだから、これほど皮肉なことはない。

「それにしても奥さん、そこまで綿密に計画を立てながら川口をなぜあの時まで生かしておいたのですか」

取り調べのとき、検事がそう追及すると、

「だって、あなた、探偵《たんてい》小説なんかみると、よく死後の推定時間ということが書いてあるじゃありませんか。あたし川口に毒をのませ、隅田川へでも投げこんで、自殺したように見せかけようと思ったんですけど、珠子よりさきに死んでいちゃ拙《まず》いんですものね。だから、ひと晩、生かしておいたんですけど、それが運のつきだったんですわ」

すっかり度胸をきめたこの恐ろしい夫人が、しゃあしゃあとしてそんなことをいったのには、さすがの検事もおもわず舌をまいたという。

血蝙蝠

蝙蝠屋《こうもりや》敷《しき》の殺人

「通代《みちよ》ちゃん、そんなことといって大丈夫かい？　いまのうちなら取り消してもいいのだから、あまり痩我《やせが》慢《まん》をはらないほうがいいぜ」

「大丈夫よ、あたしそんなに臆病《おくびょう》じゃないわ」

「とか、なんとか言って、いざとなったらベソ掻《か》くんじゃない？」

「御冗談でしょう、久美子《くみこ》さんじゃあるまいし、蝙蝠《こうもり》屋敷なんて、おかァしくって」

「いいから、みんな、やらせてみろよ。通ちゃん、ハリキっているんだから、とにかく一度行かせてみようよ」

鎌倉《かまくら》にあつまった若い男女のグループ、一夏を泳ぎくらべ、波乗り、ヨット競争と、さんざ遊びつくしてきたが、八月も二十日《はつか》を過ぎ、避暑客の数も日に日に少なくなっていくころになると、さすがに趣向もつき果てて、毎日その日の遊びに頭脳《あたま》をひねらねばならなくなったが、その揚句《あげく》、思いついたのが蝙蝠屋敷の探検なのである。

扇ヶ谷《おうぎやつ》の奥に、幽霊《ゆうれい》屋敷と人の恐れる一軒の空《あ》き別荘がある。数年まえに人殺しがあったとやらで、それ以来住む人もなく荒れるにまかせた空き別荘だが、付近いったい、たいへん蝙蝠が多いというところから、このグループではいささか気取って蝙蝠屋敷、——一同がふと思いついたのがこの蝙蝠屋敷の探検なのだ。

一人がこれを言い出すと、よろしいやろう、時節柄心身の鍛錬になる、やるべし、大いにやるべしと、たちまち衆議一決したが、みんなでゾロゾロ出かけたのでは興が薄い、どうだ、昔の試胆会もどきに、雨でも降りそうな陰気な晩を選んで、一人ずつ交替で出かけようじゃないか、賛成、それに限ると、さてこそ、今夜という日を選んで、浜辺に集まった一同が、籤《くじ》をひいてみると、まっさきに当たったのが、一番おとなしい通代なのである。

「じゃ、通代さん、どうしてもいらっしゃる？」

「ええ、いってくるわ。大丈夫よう」

「じゃね、通代ちゃん。この白墨《はくぼく》を持っていきたまえ。裏木戸から入ると、左側に茶室ふうの離れ座敷がある。ここが昔人殺しのあった部屋だが、正面に床の間があるから、そこの壁にこの白墨で、蝙蝠の絵と1という番号を画《か》いてくるんだ。それがつまり到着したという印なんだが、分かったかい？」

「ええ、分かったわ。じゃいってきまアす。みんな待っていてね」

「じゃ、気をつけてね」

「途中で逃げ出しちゃ駄目《だめ》だぞ」

「フレーフレー、ミチヨ」

などと、にぎやかな声援に送られて、通代が出発したのが夜の九時半。

あとでは焚《た》き火《び》を取りかこんだ一同が、

「通代ちゃんが一番なんて、少し可哀そうね」

「などと、久美公、自分が少し怖くなってきたんじゃないか」

「そうでもないけど、人殺しのあった家《うち》なんて、考えてみるとやっぱりいやね」

と、一同ちょっとしんみりしたが、こちらは通代だ。一同に別れて間もなくやってきたのが扇ヶ谷。扇ヶ谷も近ごろだいぶひらけて、家数も多くなったが、蝙蝠屋敷はそういう住宅地からはるか離れて、まわりには疎《まば》らな林があるばかり。

わざとこういう夜を選んだこととて、空には月もなければ星もなく、雨気を含んだ風が真っ暗な疎林を鳴らして、今にもポツポツ降ってきそう。仰げば、左右から山がせまって、扇ヶ谷とはよくなづけたもの、進むにしたがって谷はしだいに隘《せま》くなってくる。

その谷をちょっと右へ登った小高い山の中腹に、例の蝙蝠屋敷は立っているのだ。

通代は草を踏み分けて、ようやくそこまでたどりついた。

懐中電灯を照らしてみると、表門はピッタリしまって、一面に蔓草《つるくさ》が絡《から》みついているのも空き別荘らしい。そこから塀《へい》に沿うて難渋《なんじゅう》なみちを左へ廻ると、やがて小さい耳門《くぐり》が眼についた。押してみるとなんなく開く。中は真っ暗で、むっとするような草いきれ、その時ふいに、近くの林でホーホーと梟《ふくろう》が鳴いた。

ここまでは割りに平気だったが、一歩耳門のなかへ踏み込むと、通代の胸はにわかに怪しく騒ぎ出す。忘れようとすればするほど、血腥《ちなまぐさ》い妄想《もうそう》がうかんできて、懐中電灯をもった手が、われにもなく顫《ふる》えてくる。

それでも通代は勇を鼓《こ》して、雑草のなかを掻《か》きわけていった。やがて左手に茶室ふうの離れ座敷が見えてきた。ああ、あれが人殺しのあったところかと、懐中電灯で照らしてみると、軒は傾き、雨戸は破れ、濡《ぬ》れ縁《えん》は古朽《ふるく》ちて、何もかもが荒廃そのものの姿だ。

通代はやっとその側まで近づくと、ガタピシと破れ雨戸をひらいたが、その時である。どこか庭の一隅《ぐう》でガサリという音、通代はハッとして、思わず懐中電灯を落としそうになる。

だれかいるのかしら？　この庭の中に――？

ドドドドドと通代の胸ははげしく躍る。雨戸に手をかけたまま、じっと聞耳《ききみみ》を立てた彼女の額《ひたい》には、べっとりと脂汗《あぶらあせ》が浮かんで、呼吸をするのも苦しいくらい。だが、物音はそれきり聞こえない。こわごわ振りかえってみると、しんと静もりかえった闇《やみ》の中に、動くものとてはただ雑草のうねりばかり。

(風だったのだわ。それとも小鳥かもしれない。何んでもない、何んでもないことなんだわ)

われとわが心に言いきかせても、いったん失った平静はとても取りもどせそうにもない。

人殺しのあった部屋、血みどろの座敷、ああ、何んという恐ろしいことだろう、女だてらに詰まらないことを引き受けてしまって――と、いまさら、ひしひしと後悔の念がうかんで来るが、このまま逃げ出してしまうことは、彼女の若さが許さない。通代とて、臆病者《おくびょうもの》と嗤《わら》われることは耐えがたいのだ。

そこで一刻も早く、この恐ろしい役目を果たそうと、急いで黴臭《かびくさ》い茶室へ駆けこむと、用意の白墨を取り直し、床の間の壁へさっと懐中電灯の光を浴びせたが、とたんに、おやと呼吸《いき》をうちへ引いたのである。

ボロボロに剥《は》げかかった柿色《かきいろ》の砂壁に、だれが画いたのか、すでに蝙蝠《こうもり》の絵が一つ、くっきりと画いてあるではないか。

「まあ、だれか先廻りをして、こんな悪戯《いたずら》をしていったのかしら?」

だが、それにしてはおかしかった。一同の取りきめでは、白墨で画くことになっているのに、その蝙蝠はべったり黒く塗りつぶしてあって、二筋、三筋すうと滴《しずく》が壁のうえに垂れている。しかもたった今画いたものらしく、まだ生乾きのまま妙にてらてら光っている。

通代は何気なく、その蝙蝠に指を触れてみたが、ふいにきゃっと叫んでとびのいた。

血——血なのである。まぎれもなくその蝙蝠は血で画いてあるのだ。しかも、まだよく乾いていない。触《さわ》れば指先に、ねっとりとした液体が付着する。

通代はあまりの恐ろしさに、くらくらと眩暈《めくらめ》くようによろめいたが、そのとたん、手にした懐中電灯が、虚空《こくう》に輪をえがいて、ふと、部屋の隅《すみ》を照らし出した。

そのとたん、通代は石のように身を固くして、今にも張り裂けんばかりに、大きく眼をみはったのである。

部屋の隅にだれか倒れている。女だ、通代と同じように中型の浴衣《ゆかた》を着た若い女。胸が少しひらいて、ムッチリした乳房が見える。しかも、その乳房の下にはべっとりと黒い血溜《だ》まり。

「あれえ！」

通代は思わず懐中電灯を取り落としたが、その時だ、茶室の外からあの恐ろしい笑い声が聞こえてきたのは。——

「ククククク、ククククク」

と、呻《うめ》くような、欷歔《すすりな》くような、ひくい、押し殺したような笑い声。咽喉《のど》の奥からしぼり出すような陰気な笑声。

通代の全身は金縛りにあったように固張《こわば》ってしまった。声を出そうとしたが、舌が上顎《うわあご》にくっついたまま動かない。

笑い声はしばらく、闇の中をのたうち廻るようにつづいていたが、やがて、ふーっと歇《や》むと、ザザザザザと雑草を掻きわけていく跫音《あしおと》。

そのとたん、通代は意地も張りもなくなって、くなくなと、泥人形のようにその場にくずおれると、それきり気を失ってしまった。

外では梟の啼《な》く声がしきりである。

傴僂《せむし》と蜘蛛《くも》

新日報社《しんにっぽうしゃ》の花形記者三津木俊助《みつぎしゅんすけ》は、読みかけの本を膝《ひざ》において、ふと顔をあげたが、いつのまにか乗客はあらかた降りてしまって、広い車内には三人しか客は残っていなかった。

この電車は三鷹《みたか》行きだが、いつも高円寺《こうえんじ》から阿佐《あさ》ヶ谷《や》、荻窪《おぎくぼ》あたりで大半の客は降りてしまって、それから先まで乗っていく人は至って少ない。だからこの場合も俊助は、別に気にもとめず、再び読みかけの本に眼を落とした。

時刻は夜の十一時すぎ、九月も半ばすぎで、昼間はまだ残暑のきびしさはあっても、夜がふけるとさすがに肌寒《はださむ》い。俊助はしきりに貧乏ゆすりをしていたが、その時ふと、だれかそばへ近づいてきた様子に眼をあげた。

見ると先ほどまで向かい側にいた女が、すぐ隣へ来て窓ガラスをあけようとしている。

「窓をあけるのですか」

「ええ」

「僕がやってあげましょう」

「すみません」

俊助がストンと重い窓ガラスを落としたときである。ふいに女が喘《あえ》ぐように囁《ささや》いた。

「お願いです。助けて――」

「え？」

俊助はびっくりして女の顔を見直して、

「あなた、いま、何かいいましたか」

「いいえ」

女はすまして窓から外を見ながら、ハンケチで額《ひたい》をこすっている。十八、九の、美しい洋装の女で、臙脂《えんじ》色のレーンコートに、同じいろのネッカチーフを頭に巻いているのもうつりよく、冴《さ》え冴《ざ》えとした眼許《めもと》が美しい。

それにしても変だな。たしかに助けてといったようだが、空耳《そらみみ》だったのかしら。

——

俊助はしばらく相手の横顔を見つめていたが、女が一向取りあう様子がないので、仕方なしにまた膝《ひざ》のうえに眼を落としたが、そのとたん、彼はぎょっとして眼をみはった。本のあいだに、見覚えのない紙片《かみきれ》が一枚、しかもその紙片にはこんなことが書いてあるのだ。

——お願いです。吉祥寺《きちじょうじ》まで降りないでください。気味の悪い人がつけて来て困ります。

引きさいた手帳の紙へ鉛筆の走り書き、俊助が驚いたのも無理はなかった。

改めて詮議《せんぎ》するまでもなく、俊助が窓をひらいている間に、隣の女が手早く本のうえにおいたのにちがいない。それにしても「気味の悪い人」というのはだれだろうと、俊助は何気なく向こうにいる、もう一人の客に眼をやったが、なるほど、女が怖がるのも無理はない。

その客というのは、髪を長く伸ばした、色白の、三十前後の男で、黒い帽子に黒いマントを羽織り、そのマントの下に、これまた黒地の洋服を着て、襟《えり》には意気な紐《ひも》ネクタイを結んでいる。見たところ、画家か音楽家といった風貌《ふうぼう》だが、気味の悪いことに、この男は恐ろしく傴僂《せむし》なのだ。マントの背が駱駝《らくだ》の瘤《こぶ》みたいに隆起して、そのために色白の顔がぐいと前へ突出している。そういう男が、銀の握りのついたステッキのうえに両手を重ねて、スフィンクスみたいに前方を凝視しているのだから、女が気味悪がるのも無理はなかった。

「よろしい。僕がいるから心配しないで」

俊助はそう囁くと、本来ならば西荻窪でおりるところをわざと乗り越してしまった。

ところが、電車が吉祥寺の近くまで来たときである。ムックリと立ちあがった例の傴僂男が、コトコトと二人の側へ近づいてきたかと思うと、ふいにステッキを振りあげたから驚いたのは二人だ。あっと首をちぢめると、男は、

「こんなところに蜘蛛《くも》がいる。ほら――」

と、糸にさがった一匹の蜘蛛を、ステッキの先にブラ下げて、ぬっと二人のまえに突き出した。俊助も女も口を利《き》くことができない。驚きと、怖《おそ》れと、疑いに、ただまじまじと相手の顔を見ていると、傴僂男はプイと蜘蛛を投げすて、折からとまった電車の中から、スタスタとプラットホームへおりていった。

後見送った二人は、ほっと顔を見合わせた。

「あなたはあの男を知っているんですか」

「いいえ、まるきり知らない人ですの。それがどういうわけか、このあいだから始終ああしてあたしのあとをつけてきますの。あたしもう気味が悪くて、気味が悪くて……ほんとうにありがとうございました。あの人と二人きりになったらどうしようかと思いましたわ」

電車をおりてプラットホームを出ると、気味の悪い傴僂男の姿は、もうその辺には見えなかった。

「変ですね。で、何か悪戯《いたずら》をするんですか」

「いいえ、別に何もしないのですけれど、いくさきざきに姿を現わすので、あたしもう怖くて、怖くて……」

「なるほど、で、これからどちらまでお帰りですか」

「桜小路《さくらこうじ》までまいります。でも、もう大丈夫ですわ。自動車でまいりますから」

そう言いながらも、女は何となく心細げな様子だった。

「桜小路? なるほど、それではついでに僕がお送りしていきましょうか。なに、御遠慮には及びません。僕はその自動車で西荻窪まで帰りますから。——ああ、こんなこといって、失礼。僕は新日報社の三津木俊助というものですが——」

「あら、三津木先生?」

ふいに女がパッと眼を輝かせた。

「おや、僕の名を御存じですか」

「ええ、お噂《うわさ》はよく伺っていますわ。あなたの探偵《たんてい》談は始終お友達からきいていますわ」

そういわれて俊助とても嬉《うれ》しからぬはずはない。事実、俊助がもう一人の人物と共同でやり遂げた、探偵事件の数々は、ちかごろではかなり人口に膾炙《かいしゃ》しているはずだった。

「そうですか、では、僕がお送りしていくことに御異存はないでしょうねえ」

「ええ、ええ、願ってもないことですわ」

そこで俊助は自動車を呼んで、女を桜小路まで送っていったが、すると女がふいに、

「あら、叔父《おじ》さまが門のところに立っていますわ。あたしが遅かったので、きっと心配して迎えに出てくだすったのですわ」

と、自動車から身を乗り出した。見ると、なるほど葛《くず》の葉のからみついた洋館のまえに、セルを着た一人の老人が立っている。自動車はその老人のまえでとまった。

「通代かい？」

「ええ、叔父さま、遅くなってすみません。途中でとても気味の悪いことがあったので、この方に送っていただきましたの」

通代は自動車からおりると、老人の胸にすがりついた。その間に俊助が何気なく表

札を見ると、甲野《こうの》慎吾《しんご》とある。はてな、甲野慎吾？　どこかで聞いたような名前だが
と、首をひねっていると、自動車の外では、

「おや、そう、それはよかったね。で、この方は？」

「新日報社の三津木俊助先生よ。ほら、叔父さまもよく御存じでしょう」

「おお、そうか」

と、礼を述べるつもりなのだろう、老人はつかつかと窓の側へ近づいてきたが、その時だ、うしろに立っていた女が、ふいに、

「あれえ！」

と、悲鳴をあげたのである。はっとした老人と俊助、驚いて女のほうを見ると、真《ま》っ蒼《さお》になった彼女は、わなわなと顫《ふる》えながら、眼を皿《さら》のようにして隣家の塀《へい》を見つめている。

俊助も何気なくその方へ眼をやったが、そのとたん、はっと息をのみこんだ。暗いコンクリート塀のうえに、白い円光を画《えが》いている自動車のヘッドライト、その円光の中に、くっきりと浮かびあがった奇妙な影は、まぎれもなく蝙蝠《こうもり》なのだ！

俊助はそれを見ると、急いで自動車からとびおりてヘッドライトを調べたが、見ると丸いガラスの上に、べったりと、蝙蝠型にきった赤い紙片《かみきれ》が貼《は》りつけてあった。

その紙片を見た瞬間、俊助は一時に何もかも思い出したのである。甲野慎吾の姪《めい》で

通代という女——この女こそ、過日、鎌倉で起こった奇怪な殺人事件の発見者ではなかったか。

殺人の予告

その翌日のこと、鵜藤《うとう》という同僚を朝から血眼《ちまなこ》で探し廻っていた俊助は、夜になってやっとその男を、新聞社の一隅《ぐう》でつかまえた。

「鵜藤君、どこへ行っていたんだ。朝から君を探し廻っていたんだぜ」

「三津木さん、何か御用ですか」

「うん、先月鎌倉であった殺人事件ね、あれはたしか君の係りだったね」

「ああ、あの扇ヶ谷の女優殺し？　ええ、そうですよ。だけど、あれについて何か新事実が発見されましたか」

「いや、そういうわけじゃないんだが、実はあれについて君の口から話が聞きたいのだ。まあ、そこへ掛けたまえ。あれはたしか先月の二十三日の晩だったね」

「ええ、そうですよ。よござんす。じゃ冒頭《はな》からお話ししましょう。いまおっしゃった八月二十三日の晩のこと、鎌倉にいる数名の男女が、試胆会をやろうというので、その場所を扇ヶ谷の幽霊《ゆうれい》屋敷ときめたんです。つまり一人ずつそこへ出向いていこうというわけですが、その第一番に当たったのが甲野通代という女で、この女は当時、甲野慎吾という叔父と二人で、鎌倉へ避暑に来ていたんですが、さて、この通代が出かけていってから、待てど暮らせど帰って来ない。あまり長くなるので、ソロソロ心配になってきた他の連中が、いっしょに探しにいったところが、何んと通代は問題の幽霊屋敷の一間《ひとま》で気を失っているんです。ところが、それはまだいいとして、その側に、若い女の惨殺屍体《したい》が転がっていたからさあたいへん、一同顔色かえて警察へかけつける。警察から係官が出張するというわけで大騒ぎになりました。

「さて、その屍体ですが、いろいろ取り調べているうちに、これが有名な映画女優、葛城《かつらぎ》倭文《しず》子《こ》と判明したから、騒ぎはいよいよ大きくなった。倭文子はそのころ、撮影がひまだったので、一週間ほど一人で、鎌倉のホテルに滞在していたんですが、これがまた、なんのために夜遅く、幽霊屋敷などへ出かけたものか、まるで分からないんです。逢曳《あいびき》でもしていたんじゃないかといいますが、それも想像だけで真偽のほどは分からない。しかし、いずれにしても、犯行があったのは、通代がその幽霊屋敷へ入っていく直前のことらしく、現に通代は犯人とおぼしい男の笑い声をきいたというんです。警察の推定では、犯人は倭文子の背後から抱きついて、ひとつきに乳房を抉《えぐ》り殺したらしいというのですが、ここに不思議なのは、現場《げんじょう》の壁に、血で、大きく蝙蝠の絵が画《か》いてあったことです。むろん犯人の仕業にちがいありませんが、何んのためにそんなことをやったのか皆目《かいもく》分かりません。

「もっとも、この幽霊屋敷は一名蝙蝠屋敷と呼ばれていたそうで、現に通代のグループも、そこへ行った証拠に、蝙蝠の印をかいてくることになっていたそうですが、それとこれと関係があるかどうか不明なんです。むろん、通代をはじめ試胆会のグループも、厳重な取り調べをうけましたが、これは全然嫌疑《けんぎ》の余地がない。

「そこで今度は鉾先《ほこさき》を転じて、倭文子の身辺、つまり恋愛関係や撮影所における対人関係が槍玉《やりだま》にあがったが、これまた、今までのところなんの手懸りもありません。で、結局こういうことになるのです。八月二十三日の夜九時すぎ、倭文子はだれにも行先をいわずにホテルを出たが、それから半時間あまり後に、幽霊屋敷で屍体となって発見された。――と、今までに分かっていることと言えばただそれだけなんですよ」

さすがに新聞記者だけあって、話すことも要領よく、テキパキとして一言《ひとこと》の無駄《むだ》もない。

俊助は黙ってその話を聞いていたが、やがて相手が話し終わると、やおら口を開いて、

「なるほど、それでよく分かった。時に通代という女だが、その女はそれからどうしたね」

「通代ですって？　通代はどうもしやしませんよ。あの女はただ事件の発見者にすぎ

ないんですからね。何んでもそれから間もなく、叔父につれられて東京へ引きあげたといいますが、そうそう、住居は吉祥寺だという話ですよ」

そのことなら、鵜藤にいわれるまでもなく、俊助の方がよく知っている。

「そう、通代は事件の発見者なんだね。だが、どうだろう、通代はその時、犯人の姿を見るか、あるいは、何かしら犯人にとって不利な証拠を握っているんじゃあるまいか」

「どうしてですか。警察では、絶対に何も知らぬと言い張ったそうですがねえ。もっとも犯人とおぼしい男の声はきいたそうです。しかし、なにしろ真っ暗な中のことですし、それにすぐ気を失ってしまったので、まるきり何も知らないというんですが、あの女が嘘《うそ》を吐《つ》くとは思われませんねえ」

「それもそうだ。第一、嘘を吐く必要もないことだからねえ」

俊助も困《こう》じ果《は》てたように思案していたが、ふと思い出したように、

「そうそう、もう一つ訊《たず》ねたいことがある。君はおそらく、葛城倭文子の経歴を詳しく調べたことだろうが、あの女に関係のある人物で、傴僂の男がいやあしないかね。そう、年は三十四、五で、色白のちょっと綺麗《きれい》な男だが……」

と、言わせもおかず、鵜藤はにわかに急《せ》きこんで、

「何んですって。じゃ、あの男がどうかしたというんですか」

「あの男――？　じゃ、君は知っているんだね。いったい、何者だい、その傴僂男は。――」

鵜藤はしばらくじっと俊助の瞳《め》の中を覗《のぞ》きこんでいたが、やがて、薄ら笑いを浮かべると、

「はははは、三津木さんには敵《かな》わない。自分の知っていることは少しもしゃべらないで、ひとにばかりしゃべらせるんだから。――だが、まあ、よござんす、話しましょう。三津木さんは御存じかどうか知りませんが、今から十年ばかりまえに、倭文子のいる映画会社に、柳三四郎《やなぎさんしろう》という若い俳優がいました。そう、その時分まだ二十三、四でしたろう、ちょっと、前途を嘱望《しょくぼう》されていた役者でしたが、これが当時、倭文子とひとしきり噂《うわさ》が高かったのです。ところが、この男に非常に不幸なことが起こったので――つまり、災難ですね。撮影中に大道具が倒れて来て、三四郎はしたたか背骨を打ったのです。これがもとで、脊髄《せきずい》何んとか病にかかって、あたら前途有望の青年俳優も、うまれもつかぬ傴僂になってしまったのです。ひょっとすると、三津木さんのおっしゃるのはその男じゃありませんか」

「なるほど、そうかもしれない。だが、その男はその後どうしたんだね」

「どうもこうもありませんや。そんな体になっちゃ役者もできません。間もなく撮影所をよしてしまったから、その後は全く消息不明です。おそらく倭文子との関係もそ

れなりなんでしょう。しかし、変だなあ、今度の事件では、全然その男の噂なんか出なかったのに、三津木さんはどうして知っているんです」

「いや――」

と、俊助が何か言いかけた時だ。ふいに卓上電話がはげしく鳴り出したので、鵜藤は急いで受話器を取りあげたが、すぐ俊助に、

「三津木さん、お電話です」

と、受話器を渡した。俊助が出てみると、

「ああ、もし、もし、三津木君ですか。昨晩は失敬したね」

と、妙に低い皺嗄《しわが》れ声なのだ。

「え？　あなたはどなたですか」

「僕？　分からないかね、はははは、分からなければ分からなくてもいいが、君にいいことを教えよう。今夜ね、今夜だよ、吉祥寺でたいへんなことが起こるんだよ。人殺しだよ、そう、人殺し、今九時だね、おそらく事件は十時ごろに起こるだろう、はははは、驚いた？　いや失礼、じゃ、さようなら！」

電話はがちゃんと向こうから切れてしまった。

悪魔の妖術《ようじゅつ》

いや、俊助が驚いたの驚かないの、しばらく彼は受話器を握りしめたまま棒立ちになっていたが、ふいに帽子を鷲《わし》づかみにすると、

「鵜藤君、君も来たまえ、大事件、大事件」

と、疾風のように社からとび出した。

驚いたのは鵜藤だ、何が何やらわけが分からなかったが、ともかく俊助の様子がただごとではないので、これまた大急ぎであとから飛び出す。

やがて、自動車に飛び乗った俊助は、手短かに昨夜の出来事から、さっきの電話のいきさつを語って聞かせたが、鵜藤はそれを聞いて、ただもう眼をパチクリさせるばかり。

「すると何んですか。電話をかけてきたのは柳三四郎だというんですか」

「ふむ、そうとしか思えないじゃないか。昨夜は失敬といやがった。それに、吉祥寺で事件が起こるといえば、あの甲野よりほかに心当たりがない。僕はひょっとすると柳三四郎の奴が、通代を……」

「なんですって。柳がなぜ通代を殺すんです？　そしてまた、何んのために、それを

電話で報《し》らせてくるんです」

「さあ、そこまでは僕にもわからん。だが、通代は何かしら、柳にとって不利な証拠を握っているにちがいないぜ。だから、あの事件以来、通代のあとをつけ廻したり、自動車のヘッドライトに蝙蝠《こうもり》の切り抜きを貼《は》りつけて、通代を脅迫したりしたんだ」

「すると三津木さんの考えでは、倭文子を殺したのは、あの男だとおっしゃるんですね」

「ふむ、そうとしか思えない。新聞で読むと、あの晩、通代が聞いた笑い声というのは、一種気違いじみたところがあったというじゃないか。ところで僕は昨夜柳三四郎をよく見たんだが、あいつの眼つきはたしかに尋常じゃなかった。あれこそ気違いの眼つきだったよ」

と、こんな話をしている間も、俊助は気が気でない。相手が気違いだとすると、どんなことをしでかすか知れたものではない。丸《まる》ノ内《うち》の新聞街から吉祥寺まで、俊助はうまれてこの方、自動車をこれほどのろく思ったことはなかった。

九時十五分、九時半、九時四十五分——と、自動車は時間と競走だったが、それでもやっと、吉祥寺の甲野家へ到着したのが、まさに十時五分前、ベルを押すと中から通代の叔父の慎吾が、びっくりしたような顔を出した。

「ああ、甲野さん、通代さんはいますか」

「おや、だれかと思えば三津木さん、何か変わったことがあったのですか。通代は寝室にいるはずですが」

と、俊助のただならぬ様子に、慎吾がおどおどしているところへ、

「あら、叔父さま、どうかしまして」

と、寝間着姿の通代が奥から出てきたが、俊助の姿を見ると、

「あら、三津木先生！」

と、さっと含羞《はじらい》の色をうかべた。その通代の無事な姿を見ると、俊助もほっと安心して、

「ああ、通代さん、御無事でしたか」

と、思わず口走ったが、通代はそれを聞くと、

「あら、どうしてですの。先生はあたしがどうかしたと思っていらしたの？」

と、にわかに顔色を失ったが、これは無理もない話だ。しかし、俊助はこれにはすっかり弱ってしまった。まさか自分のあの恐ろしい想像を通代に話すわけにはいかない。それにさっきの電話が果たして柳三四郎かどうか分かった話でもないし、吉祥寺の事件というのが、通代に関したことと極《き》まっているわけでもなかった。俊助が当惑して言葉を渋っているのを見ると、慎吾が助け舟を出すように、

「通代や、おまえは寝室へ退《さが》っていなさい。用があれば呼ぶからね。三津木さん、と

もかくこちらへお上がりなさらんか。お連れの方もどうぞ――」

「だって、叔父さま」

「いいから、退っていなさいというに」

叱《しか》られて、通代は渋々奥へ引っ込んだ。そのあとでともかく、さっきの電話のことだけでも、慎吾の耳に入れておこうと、俊助と鵜藤が招じられるままに、上がり框《がまち》で靴《くつ》を脱いでいる時だ。突然奥のほうで、あれっという通代の悲鳴、それにつづいてドスンと床に倒れるような物音。慎吾はそれを聞くと、あわてて声のしたほうへ駆け出した。

「通代、通代、どうしたのだ、何事だえ」

俊助と鵜藤もぎょっとして、靴を脱ぐのもそこそこに、大急ぎであとから駆け出したが、すると廊下の突き当たりの部屋で、

「通代や、これ、通代はどこにいるのだ」

と、暗がりの中から慎吾のおろおろ声が聞こえたが、やっとスイッチを探りあてたのだろう、パッと明るい電気がついたが、そのとたん、

「あっ、こ、これは――」

と、魂消《たまぎ》るような老人の声、二人はすかさず部屋の中へとび込んだが、ひとめ、部屋の中を見るとあっとばかりに棒立ちになった。

通代はぐさっと胸を抉《えぐ》られ、朱《あけ》に染まって倒れている。その乳のあたりには、突っ立った短刀が、山鳥の尾のように、まだぶるぶると顫《ふる》えていた。しかし犯人は——？　ああ、何んという奇怪なことだろう、通代の悲鳴をきいてから、一同が駆けつけるまでには、ものの十秒とはたっていないのに、しかも犯人の姿は見えないのだ。ドア以外には（そのドアとて、通代の悲鳴をきいた瞬間から、一同の眼をのがれることはできなんだが）、蟻《あり》の這《は》い出す隙間《すきま》もない寝室、窓という窓は、ことごとくうちがわから、ピッタリと鎖《かけがね》がおりているのに、しかも犯人の姿はどこにも見えない。つまり通代を刺した犯人は、煙のように密室のなかから消えてしまったのである。ああ、素晴らしい悪魔の妖術《ようじゅつ》！　さすがの俊助も唖然《あぜん》として、しばし口を利《き》くこともできなんだ。

二人傴僂

「——と、そういうわけで、幸い急所をはずれていたから、通代は危うく生命は取りとめましたが、それにしても、僕はこんな不思議な事件に出会ったのは今度がはじめてです」

吉祥寺の事件があってから三日目のことである。さんざん頭脳《あたま》をひねって見たが、ついにあの密室の犯罪の謎《なぞ》を解くことができなかった俊助が、とうとう兜《かぶと》を脱いで訊《たず》ねてきたのは、麹町三番町《こうじまちさんばんちょう》に住む由利《ゆり》先生。

この人こそは俊助の師匠でもあり、指導者でもあり、俊助が今まで、幾多の事件を解決してきたのも、すべてこの人の助力によるものなのである。

由利先生は美しい白髪《はくはつ》を撫《な》でながら、無言のうちに俊助の話をきいていたが、ややあって、おもむろに口をひらいた。

「で、通代という娘はどうしている？」

「通代は、すぐ阿佐ヶ谷の病院へ担《かつ》ぎこみましたよ。生命は取りとめたものの、なにしろ多量の出血で、意識もまだ不明ですから、取り調べることもできないのです」

由利先生はそれを聞くと、再び沈思黙考していたが、やがてにやりと笑うと、

「そうだ、それよりほかに方法はない」

と、にわかに膝《ひざ》を乗り出し、

「それじゃ、三津木君、こういうことにしたまえ。君はこれからすぐ阿佐ヶ谷の病院へいって、院長にこういうことをしゃべらせる。明日《あした》になったら、通代の意識も恢復《かいふく》するから、訊問《じんもん》に答えられるだろうとな」

「へえ、それはまたどういうわけです」

「なんでもいい。ぜひそうしたまえ。しかし、敵を欺かんと欲すれば、まず味方より

だから、このことは叔父の甲野にも嘘《うそ》だと覚《さと》られちゃいかんよ。さて、そうしておいてわれわれは――」

と、由利先生が何やら囁《ささや》くと、俊助はたちまち小手《こて》を打って、

「分かりました。すると先生は、それで柳三四郎の奴を釣《つ》り寄《よ》せようというんですね」

「ふふふ、まあ、その見当だろう」

と、由利先生は意味ありげに微笑を洩《も》らしたが、さて、その夜のこと。

阿佐ケ谷の病院の一室では、今しも通代が昏々《こんこん》として深い眠りに落ちている。明日になったら、意識が恢復するだろうと、夕方ころ院長が発表したが、この様子を見ればとても覚束《おぼつか》ない。叔父の慎吾は二日二晩、ほとんど夜も眠らずに、通代につききっていたが、ようやく峠を越えた患者の容態に、ほっと安心するとともに、にわかに疲れが出たのか、今夜は宵《よい》から別室へ退《さが》って寝てしまった。

あとには通代がただ一人。部屋の中は電気を消してあったが、それでも、シェードを洩《も》れてくる月明かりにほんのりと明るい。

――と、真夜中の二時ころのことだ。ふいにこの病室のドアがソロソロ開くと、ヌッと入ってきた一つの影、覆面をしているので顔はしかと見えないが、奇妙なその姿かたち、あっ、傴僂《せむし》だ！

傴僂はするりと部屋の中へ滑りこむと、素速くドアをしめて、しばらくじっとあた

りの様子をうかがっていたが、やがてソロソロとベッドの方へ這《は》い寄った。そして、ややしばし通代の寝息をうかがっていたが、やがて、ギラリと抜きはなったのは一本の短刀。

　ああ、危ない、危ない、傴僂は通代を刺し殺そうとするのだ。だが。——彼がさっと短刀を振りあげたその刹那《せつな》、ふいにベッドの下から躍り出した人物が、やにわに傴僂の腕を押さえたから、驚いたのは傴僂だ。

「あっ、しまった！」

　恐ろしい憤怒《ふんぬ》の声とともに、パッと相手の腕を振りもぎったかと思うと、身を躍らせたのはガラス窓、シェードを引き千《ち》切《ぎ》るのと、窓ガラスを蹴《け》破《やぶ》るのと、ひらりと外へとび出したのと、目にもとまらぬ早業は、ほとんど一瞬間の出来事だった。

「しまった！」

　ベッドの下からとび出した人物はタタタタと窓の側へかけ寄ったが、すると、またもやベッドの下から這い出したもう一人の人物が、

「どうした、三津木君、逃がしたのか」

　と、側へ寄ってくる。言わずと知れたこの二人は三津木俊助と由利先生。

「残念です。腕をおさえた拍子に、指を切られて一瞬ひるんだのが不覚です。あれあれ、あそこへ逃げていきます。あっ！」

ふいに俊助と由利先生は、二階の窓から身を乗り出して、思わず呼吸《いき》を飲み込んだ。それもそのはず、月光を浴びて逃げていく傴僂の面前へ、その時転ぶように現われた一つの影——、なんとそれがまた傴僂ではないか。

傴僂と傴僂——ああ、何んという奇怪さ、二つの影はしばらく月光の中に向かいあっていたが、突如、絡《から》みあって地上に倒れた。俊助はあまりの不思議さに、ひょっとするとこれは月光のために、自分の眼が狂ったのではあるまいかなどと疑《うたぐ》っていたが、その時、すでに由利先生は通代の病室から一散に外へ駆け出していた。

「三津木君、来たまえ、早く、早く」

という声に、はっとわれにかえった俊助が、大急ぎで由利先生とともに、庭へ駆けつけてみると、その時すでに血みどろの争闘は終わって、ぐったりと地上に倒れた傴僂のうえに、亢然《こうぜん》として馬乗りになったもう一人の傴僂。——その顔を見て俊助はあっと驚いた。

「あっ、君は柳三四郎！」

「そうです。僕は柳三四郎です。今夜こそ、倭文子を殺した犯人をお渡しします。さあ、この男の顔をごらんください」

俊助は組みしかれた傴僂の顔から、さっと覆面を剝《は》ぎとったが、そのとたん、思わずあっとうしろへとびのいた。

「や、や、こ、これは甲野慎吾！」

いかさま、それは甲野慎吾にちがいなかった。彼はすでに遁《のが》れぬところと観念したのか、舌噛《か》み切って死んでいたのである。

密室事件の真相

「そうです。私はあの晩、倭文子が殺された現場で甲野慎吾の姿を見たのです」

と、傴僂の柳三四郎は、蒼白《あおじろ》い額《ひたい》に深い哀愁のいろをうかべながら語り出した。ここは吉祥寺の甲野の屋敷、先日通代が刺された寝室なのである。あれからすぐに、ここへ引きあげてきた三人は、密室事件の秘密を探るまえに、まず柳三四郎が諄々《じゅんじゅん》として自分の経験を物語りはじめた。

「あの晩、私は倭文子とあの幽霊屋敷で会う約束でした。倭文子は純情な女で、私がこういう体になっても、なおかつ節操を守りつづけたのです。私はそれが不愍《ふびん》さに、自ら姿をかくしましたが、倭文子はそれでも十年あまり、私の行方《ゆくえ》を探し、探し廻った揚句《あげく》、とうとう私の居所《いどころ》を突きとめました。そしてぜひ一度会ってくれといって来ます。私は容易に承知しませんでしたが、あまり倭文子の心根《こころね》が不愍さに、会ってよく話をしよう。そして私のことは忘れさせ、もっと幸福な結婚をするようにすすめようと、とうとう、幽霊屋敷で密会するよう言ってやりました。こんな醜い体ですもの、会見のところを他人に見られたくなかったからです。ところが、約束の時間より少し遅れていくと、ふいにあの茶室から一人の男がとび出してきたじゃありませんか。それがあの甲野慎吾です。なにしろ暗闇《くらやみ》のことゆえ、はっきり顔は見えませんでしたが、それでも後にあの男に会った時、すぐそれと気づいたのです。さて、茶室へ入ってみると、倭文子は無慚《むざん》にも殺されている。ああ、その時の私の驚き、その刹那《せつな》、私は気が狂ったのです。私は倭文子の屍体《したい》に取り縋《すが》り、泣きました。笑いました。そして、自分がどうして、あの幽霊屋敷から外へ出たか、ほとんど覚えていないくらいです。しかし、その翌日正気にかえると、私はすぐに、この復讐《ふくしゅう》をしなければならぬ。倭文子を殺した男を、自分の手で殺さねばならぬと固く決心しました。幸い、その男の顔はおぼろげながら見ています。いつかきっとその男を探し出してみせると固く心に誓ったのですが、その日は意外に早くやってきました。証人として呼び出された通代の叔父という男が、その男だと知った時の私の嬉《うれ》しさ、しかし、そこでまたはたと当惑したのは、甲野慎吾がなぜ、倭文子を殺したのだろう、二人は交際はおろか、一面識もない仲ではないか。ひょっとすると、自分の見違いではあるまいか、いやいやたしかにあの男だと、そこで半信半疑の私は、折りがあったら通代さんにきいてみるつもりで、あとを尾《つ》け廻していたんです。ところが先日、通代さんが殺されかけたという記事を読んだ時、私の疑いはいっぺんに晴れました。倭文子を殺したのは、やっぱり甲野慎吾なのだ。あの男はあの晩、通代さんを殺すつもりで、間違って倭文子を殺してしまったのだ」

あっと俊助は驚いたが、由利先生は莞爾《にっこ》としてうなずいた。

「そうなんだよ、三津木君、あの晩通代さんが試胆会をやるということはあらかじめ分かっていたのだから、甲野慎吾は先廻りをして茶室で待っていたのだ。そこへ倭文子さんがやってきた。なにしろ暗がりのことでハッキリ顔は見えなかったが、同じような中型の浴衣《ゆかた》、それに背《せ》恰好《かっこう》も似ていたんだろう、甲野は間違って倭文子さんを殺してしまった。むろん、その後で気がついたことだろうが、すでに後の祭、そこで少しでも事件をまぎらわしくするために、壁にあんな蝙蝠《こうもり》を画《か》いていったんだが、これが慎吾の大失策さ。なぜって考えてみたまえ。あの蝙蝠の絵は、蝙蝠屋敷から聯想《れんそう》したんだろうが、あの幽霊屋敷を蝙蝠屋敷と呼んでいたのは、通代さんたちのグループだけだ。だからあれを画いたものは、当然、そのグループの者か、もしくはそれに近しい者ということになるじゃないか」

「しかし、それじゃ、あの自動車のヘッドライトに蝙蝠の切り抜きを貼《は》りつけたのや、先日僕に電話をかけてきたのはだれなんです」

「みんな甲野のからくりさ。通代さんはかねがね、柳三四郎君に尾《つ》けられていることを甲野に話していたに違いない。甲野はそれを利用して、いかにもだれかが通代さんを脅迫しているように見せかけようと、あんなからくりをしておいたのだ。そしてね、三津木君、君を電話で呼び寄せたのについては、あいつに深い魂胆があったのだ。僕は今日昼間、君の話をきくとすぐここへやって来て実験をしたんだが、実に巧妙な細工があるんだぜ」

そういいながら、由利先生がカチッとスイッチをひねって電気を消すと、そのとたん、俊助も柳三四郎もあっと呼吸《いき》をのみこんだ。真っ暗になった部屋の天井に、ボーッと白い円光がうかびあがったかと思うと、その中にハッキリ現われているのはまぎれもなく蝙蝠の形ではないか。

「ヘッドライトの場合も同じ理屈《りくつ》さ。その寝台のかげを調べてみたまえ、豆電球が隠してある。そしてその電球にかぶせたレンズのうえに蝙蝠の形が切って貼ってあるのだ。しかも、この豆電球は、こちらの電気をつけると消えるし、こちらを消すとつくように接続してあるんだ。分かったかね、三津木君、あの晩、通代さんはこの部屋へ入って電気を消した。すると天井にうかびあがったのがあの蝙蝠の影、通代さんはきゃっと叫んで気を失った。無理もないやね。その前日もこれで脅かされたのが、今度は自分の寝室に現われたんだからね。さて、通代さんが気絶すると、そこへ一番にとびこんだ甲野が暗がりの中で通代さんを刺しておいて、電気をつける。そこで細工は流々《りゅうりゅう》、みごとに密室の犯罪ができ上がるというわけさ」

由利先生はそこで電気を再びつけると、

「世に怖《おそ》るべきは色と慾というが、これもその一つだね。通代さんは両親から譲られた莫大《ばくだい》な財産を持っている。甲野はいままでそれを自由に管理していたのだが、通代さんも追い追い年ごろだ。そのうちにいい相手を見つけて結婚するだろう。そうなると甲野はもう一文《もん》なしだ。あいつが怖れたのはそれで、だからそのまえに通代さんを殺してしまおうとしたんだよ」

俊助はもう一言も語らなかった。恐ろしい叔父だったが、その唯一の肉親もいまは死んでしまった。そして広い世間に全くひとりぼっちになった通代のことを思うと、これから先の多難な生涯《しょうがい》を思いうかべ、俊助は思わず暗然としたのである。

X夫人の肖像

一

「あなた、あなた」

細君の妙子《たえこ》が、けたたましい声で呼びながら、あたふたと書斎へはいってきた。見ると、手にした新聞に眼を落としたまま、仰山《ぎょうさん》そうに呼吸を弾《はず》ませている。隆吉《りゅうきち》はペンを握ったまま、うるさそうに振りかえって、

「どうしたんだ。新聞に何か変わったことでも出ているのか」

と、たしなめるような口調で訊《たず》ねる。

「ええ、これよ。あなたこの写真をどうお思いになって？」

隆吉のそばにべったりと横坐《よこずわ》りになって、新聞をつきつけた細君は、依然として呼吸を弾ませている。もうかれこれ三十に手が届こうというのに、子供がないせいか、いつまで経《た》っても娘気質《むすめかたぎ》の失《う》せぬこの細君は、ちょっとしたことにでも、笑いころげたり、びっくりしたりする癖が抜け切らないのである。

「なんだい、何んの写真だい」

「ほら、これよ、『X《エッキス》夫人の肖像』というこの絵よ。あなたこれをどうお思いになって？」

と、細君が指さしたところを覗《のぞ》いてみると、そこは文芸欄で、今上野《うえの》で開かれている美術展覧会の批評がいっぱい出ている。そして、その展覧会でも、特別評判のいい絵が、二、三枚写真版になって掲載されているのだが、細君のいう「X夫人の肖像」というのも、そのうちのひとつなのだ。

「この絵がどうかした？　だいぶ評判のようだが……お前、この画家《えかき》を知っているのかい？」

「そうじゃないのよ。この絵よ、ほら、このX夫人の顔よ。あなた、似てるとはお思いにならない？」

「似てるって、だれにさ？」

「まあ、お分かりにならないの。よく御覧なさいよ、そっくりじゃありませんか」

と、何かしら仔細《しさい》ありげな細君の様子に、馬鹿馬鹿しいとは思いながら、隆吉もつい引きつけられたように、その写真に眼をやったが、すると間もなく、彼の面《おもて》にも細君と同じような緊張のいろが現われてきた。

「ほら、ね、お分かりになったでしょう」

「うん、お前のいうのはお澄《すみ》さんかい？」

「ええ、そう、似てるでしょう？」

「そういえばそうだね、気がつかなかったけど……」

「似てるわ。そっくりだわ。この絵、きっとお澄さんをモデルにして画《か》いたのよ」

「まさか……モデルはあるんだろうが、他人の空似《そらに》というやつだよ」

「ところが、そうじゃないのよ。もっとよくこの写真を御覧なさいよ。あいにく、小さいのでよく分からないけど、ほら、唇《くちびる》の右下に、ちょっと黒いものがあるでしょう。あたしこれ黒子《ほくろ》じゃないかと思うの。もしこれが黒子だったら……ねえ、お澄さんも、唇の右下に黒子があったわね」

「どれどれ……なるほど。だけどこりゃ写真の瑕《きず》だよ、きっと。お前がそう思うから、そう見えるんだ」

「あら、まだそんなこと言ってらっしゃるの。それじゃもうひとつ証拠をお眼にかけるわ。ほら、このX夫人の着物をよく御覧なさいよ。矢絣《やがすり》を着てるでしょう。ところでお澄さんは、いつでも矢絣の着物を着てたじゃありませんか。現に家出をなすった時もそうよ。こんなに何もかもそろってるんですもの。この人きっとお澄さんにちがいないと思うわ。お澄さん、きっとまた東京へかえってきてるのよ」

「そういえば、そんなことかもしれないけど、しかし、おかしいじゃないか、あれからもう五年もたってるのに、まだあの時の着物のままだなんて」

「そうね、そういえば少し変だけど、でも、あたしやっぱりこの人、お澄さんだと思うわ。ねえ、あなた今日お暇ない？」

「どうするんだ」

「上野へいってみたいのよ。写真じゃよく分からないんですもの。絵を見ればもっとよく、お澄さんだってことが分かるにちがいないわ」

思い立つと子供のようになる性質《たち》の細君は、もう夢中だった。

隆吉はペンをおいて、煙草《たばこ》を取りあげながら、もう一度「X夫人の肖像」というのに眼を落として見る。それは二十三、四の若い女の半身像だったが、なるほどよく似ている。顔容《かおかたち》のみならず、あどけないうちにも、どこか哀愁をたたえたような、そういう表情までが、実に、よくとらえてある。髪の恰好《かっこう》から、着物の好みにいたるまで、隆吉の知っているお澄という女にそっくりだった。

「お澄さんについちゃ、僕よりお前のほうが詳しいはずだが、この八木《やぎ》英三《えいぞう》という画家《えかき》をお前知らないかい」

「知らないわ。お澄さんの友達なら、たいてい知ってるつもりなんですけど……あなた、御存知ない？」

「知らないね。まだ若い人らしいね。今度初入選の、いきなり特選になったというので、だいぶ評判のようだが」

「ねえ、あなた、上野へ行ってみましょうよ。そして絵を見て、お澄さんに間違いないという確信がついたら、一度八木という人に会ってみるのよ。モデルになるくらいだから、この人に聞けば、きっとお澄さんの消息がわかるにちがいないと思うわ」

「ふむ」

と、隆吉は煮え切らない態度で、鼻から煙草の煙を吐き出しながら、じっと新聞の写真を眺《なが》めていたが、やがて思いきったように言った。

「ねえ、妙子、伯父《おじ》さんもこの写真に気がついてるだろうか」

「さあ」

と、細君は言葉を濁したが、実はその疑問こそ、彼女がさっきから、何度も口に出しかけては、言いそびれていた言葉だったのだ。

二人は顔を見合わせると、フーッと暗い表情《かお》になり、しばらくまじまじと、どこか陰気な翳《かげ》のある、その「X夫人の肖像」という絵に見入っていた。

二

お澄という女が、なぜこんなに二人の関心を呼ぶか、それには深い仔細があった。

お澄と妙子とは昔からの仲よしだった。妙子は小説家の児玉《こだま》隆吉と結婚するまえ、ある新劇団に関係していたのだが、お澄もその劇団の女優だった。劇団といってもほとんど素人《しろうと》ばかりの集まりで、働いたところで金になるわけではなく、妙子などもほんのお道楽みたいにやっていたのだが、お澄はそれとちがってかなり真剣でもあり、また事実、その劇団のなかでも、一番天分を認められてもいた。

その劇団は間もなく解散してしまったが、お澄は十分玄人《くろうと》のあいだに認められていたから、他の劇団へ行こうと思えばいけたし、そう多くの収入を期待するのでなかったら、働く口はいくらでもあった。事実、彼女も舞台にはまだ多くの未練があったし、できるなら、真面目《まじめ》に、しっかりとやっていきたい肚《はら》があった。しかし、不幸なことには彼女の健康がそれを許さなかった。ごく軽微なものだったが、その時分彼女は肺《はい》尖《せん》をやられていて、芝居のような、過激な仕事に向かなくなっていた。そういう煩悶《はんもん》があるものだから、お澄はよく、その当時結婚したばかりの妙子のところへ相談にやってきていたが、すると、そういう彼女に、突然、思いがけない結婚の申し込みがあった。

その相手というのが隆吉の伯父《おじ》なのである。隆吉の伯父というのは児玉晋作《こだましんさく》といって、今ではすっかり第一線を退いて、某私立大学で講座を受け持っている以外には、世間から忘れられてしまったが、明治時代の有名な英文学者だった。

むろん、年齢《とし》は親子以上にも違っていた。お澄はまだ二十四だというのに、晋作はもうそろそろ六十という年輩だった。しかし、それにもかかわらず、お澄からこの申し込みの話をきいた時、双手をあげて賛成したのは妙子だった。

「あら、素敵じゃないの。年齢なんか問題じゃないと思うわ。伯父さんという人、とても真面目な、立派な紳士よ。そんな申し込みをなさるには、よくよくの御決心にちがいないと思うわ。決してあなたを不仕合わせになんかなさりはしないと思うわ」

「ええ、それは分かってますけど……結婚後も、劇団のほうの仕事がしたければしてもいいとおっしゃるのよ」

「そうでしょう、それくらいの理解はある方よ。いいじゃないの、子供があるわけじゃなし、うるさい係累があるわけじゃなし、あたし、あなたが伯父さんの伴侶《はんりょ》になって、慰めてくだされば、どんなに嬉《うれ》しいかと思うわ。あの人、ほんとに気の毒な方なんですもの」

と、そういって妙子は、伯父の不幸な前の結婚の話をした。

晋作は二十代で妻を持ったのだが、その妻というのがひどいヒステリーで、それから後の三十年は、それこそ煉獄《れんごく》の苦しみだった。しかし彼は、いかにも英国流の紳士らしく、じっとそれに耐えてきて、甥《おい》の隆吉にだって、ひとこともその苦痛を洩《も》らしたことがなかった。

「それこそ、三十年というあいだ、気違いのお守《も》りをしてきたようなものよ。だから、伯母さんが死んだ時なんか、そういっちゃなんだけど、伯父さんを知っている人は、みんな赤飯をたいてお祝いしたいぐらいの気持ちだったわ」

晋作の旧友の娘で、幼い時から隆吉などよりも可愛がられてきた妙子は、そういって瞳《ひとみ》をうるませた。

それから間もなく、お澄は晋作と結婚したのである。

三

「どうだろう。上野へいくなら、途中で伯父さんのところへ寄ってみようか」

妙子にせきたてられて、やっと机のまえから腰をあげた隆吉は、家を出る時、そういって妙子のほうを顧みた。晋作の家は鶯谷《うぐいすだに》だから、ちょうど道順にあたっているわけである。

「そうねえ、でも、もう少し様子をみましょうよ。いよいよあの絵の本人がお澄さんだということがわかるまでは。……お気の毒な伯父さんをあまり昂奮《こうふん》させないほうがいいわ」

「ふむ、おれもそう思う」

ピシッとステッキの先で石ころを飛ばしながら、隆吉も呟《つぶや》くようにいった。

「しかし、妙子、おまえあの絵がお澄さんだったら、いったいどうしようというんだ」

「お澄さんの居所を探しあてて、もう一度、伯父さんのところへ帰ってもらうのよ」

「そんなことができると思うのかい？」

「できると思うわ。お澄さん、あんな不人情なことをなすったけど、あたしどうしてもあの人を憎むことができないのよ。伯父さんだって憎んではいらっしゃらないと思うわ。いいえ黙っていらっしゃるけど、今でも心の底では、深く愛していらっしゃるのよ。だからこそ、あんなに衰えていかれるのですわ。あたし、近ごろの伯父さんの御様子を見るとお気の毒でお気の毒で。……どうしても、伯父さんにはお澄さんが必要なのよ」

「しかし、お澄さんには殿村《とのむら》という男がついていることを考えなくちゃいけないぜ」

「あんな奴《やつ》と、いつまでいっしょにいるもんですか。とっくの昔に別れてるに違いないと思うわ。お澄さんという人も可哀そうね。あの人ほんとうは好《い》い人なんだけど……」

好い人間同士だから、謝《あやま》りさえすれば、元どおりになれぬはずはないと、思いこんでいるらしい、この単純な細君を、隆吉は憐《あわ》れむように見ながら、飴《あめ》のようにキラキラ光る秋風の中で溜息《ためいき》をした。

晋作とお澄が結婚したのも、このように美しく晴れた秋の日だった。ごく内輪に式をあげた晋作の家の庭に、その日、雁来紅《がんらいこう》が血のように色づいていたことを、隆吉はいまでもハッキリ思い出すことができる。

式に連なったのは、隆吉夫婦のほかに、お澄がそれまで身を寄せていた、伯母にあたる京橋《きょうばし》の下駄《げた》屋の夫婦だけだった。人の好いこの夫婦は、涙を流して、お澄の幸運を祝福したものだが、その朴訥《ぼくとつ》な夫婦と、新しく甥になった、謹厳な伯父との、滑稽《こっけい》な応対なども、隆吉はいま眼をつぶると、ハッキリと思い出すことができるくらいだ。

結婚当時の晋作とお澄は幸福そのもののようだった。男と女が、理解さえしてしまえば、年齢の差など問題でないという、最もいい例がこの夫婦だった。実際、双方からよりかかり合って生きている二人を見ると、年齢《とし》のちがう夫婦もまた、美しいものだと思わないわけにはいかなかった。

その時分、隆吉が戯《たわむ》れにいった言葉をかりると、晋作は全力をあげてお澄を愛していたのである。お澄のほうでもなおのことで、結婚の日まで、あれほど未練をもっていた舞台への執着《しゅうじゃく》なども、ケロリと忘れたような表情《かお》をして、彼女もまた、全力をあげて、この年齢《とし》の違う良人《おっと》を愛していた。いや、すくなくともはたから見ると、愛しているように見えたのである。

そういう状態だったから、お澄が突然若い男と逃げたということがわかった時には、隆吉も妙子も、まったく開《あ》いた口がふさがらないくらいだった。もっともそのまえに隆吉は、伯父の口から、

「殿村三郎《さぶろう》という男を知っているか」

と、聞かれたことがある。その時の伯父の顔色がかなり険悪だったことも、後になって思いあわされた。隆吉はその、殿村という男に会ったことはなかったが、お澄の属していた劇団にいた青年で、晋作はかなりまえから、お澄との仲を疑っていたらしい。

「殿村が悪いのよ。あいつは昔から有名な女蕩《たら》しで、劇団でも鼻つまみだったのよ。とても押しが太くて、ずうずうしくて……お澄さんのような聡明《そうめい》な人が、あんな男に騙《だま》されるとは思えないけど、きっと何かのはずみで、抜きさしならぬ羽目《はめ》におとし入れられたのね」

家出してから十日ほど後、大阪からよこしたお澄の手紙を読んだ時、妙子はホロホロと涙をこぼしながらそういった。

その手紙はいまでも、隆吉が保存している。さすがにお澄も心が乱れていたのだろう。途切れ途切れのおぼつかない筆つきで、晋作の愛に叛《そむ》いてすまないという事や、言うに言われぬ深い事情から、殿村といっしょに姿を隠すが、どうか死んだものと思って、決して行方《ゆくえ》を探してくれるなというようなことが、前後乱れた、たどたどしい文章で綴《つづ》ってあった。

「お澄さん、これを書きながら泣いたのよ。ほら、ところどころ涙の痕《あと》があるわ」

単純な妙子はそう言い言いしてはもらい泣きしていた。

同じような手紙が晋作のところへも来ていた。ただそれには、自分は殿村のような下《げ》卑《ひ》な男を決して愛していない、自分の愛しているのは、ただあなただけだということが、繰り返し繰り返し述べてあって、これも運命だと思ってあきらめてくれというふうに結んであった。そして、この方の手紙には、もっとたくさん、涙の痕がついていたのである。

隆吉はともかく捜索願いを出すか、だれか人を大阪へやって、探してみては、何んなら自分たち夫婦が出かけていってもいいと言ったが、伯父はただ、無言のまま首を横に振っただけだった。そして、その日以来晋作は学校のほうもよしてしまい、家から一歩も出なくなり、枯れ木のように日に日に衰えていった。

お澄と殿村の消息は、それきりついに分からない。殿村はかつて上海《シャンハイ》にいたことがあるから、大阪からまた海を渡って、いまごろはお澄さん、上海あたりで苦労しているのじゃないかしらと、妙子はよく、懐かしそうに思い出したものだった。

そして五年たった。そのお澄の肖像画とおぼしいものが、突然、上野の展覧会に現われたのだから、子供のようにびっくりする癖のある妙子が、夢中になったのも無理はない。

四

「ねえ、あなた、もしあの肖像がお澄さんにちがいないときまったら、あなた一度、八木英三さんという方に会ってみてちょうだいよ。だれかに頼めば、つてはあるでしょう。あたし、どうしても、もう一度お澄さんにかえってもらわなければ気がすまないわ。妻として許されなくても、付き添いとか、なんとか、ねえ。でないと、伯父さまはきっとあのまま、衰えておしまいになるわ」

いよいよ上野の会場へはいる時も、妙子はそう言って隆吉に念を押していた。一度あんなことがあったものが、たといお澄が謝り、伯父が許すといったとしても、昔のとおりなれるかどうか、心もとなく思っていた隆吉は、それに対しても生返事しかできなかったが、いよいよお澄の居所が分かるという昂奮《こうふん》で夢中になっている妙子は、少しもそんなことを気にかけているふうはなかった。

その日はちょうど祭日にあたっていて、それにおあつらえの上天気だったので、散歩がてらの客も含めて、会場はひとかたならぬ混雑を呈していた。だが、その混雑のなかに、何かしらふだんと違うものがあることを、会場へ一歩踏み入れた刹那《せつな》、隆吉は気づいた。廊下を右往左往する、画家たちの様子に、どこか異様な昂奮がみてとられた。

妙子はしかし、むろん、そんなことには気がつかない。彼女は一刻も早く、「X夫人の肖像」を見たい一心で、ほかの絵など、てんで眼に入らない様子だった。その絵は第三室にあるはずだった。

ところが、その第三室へはいりかけた時である。隆吉夫婦はばったりと、古い友人の芳賀《はが》という画家に出会った。

「よう」

「よう。おそろいで？」

と、出会い頭の挨拶《あいさつ》だったが、その挨拶ももどかしげに、妙子が横から口をはさんで、

「芳賀さん、あたし『X夫人の肖像』という絵を見にきたのよ。どこにあって？」

と、訊《たず》ねたが、その時、隆吉は芳賀の顔色が変わったばかりか、周囲にいた人々がいっせいにこちらを振りかえったことに気がついて、何かしらはっと胸をつかれるものがあった。

「奥さん、お気の毒でしたね。あの絵はもうここにはありませんよ」

「え？　ないんですって？　それはどういう意味？」

「盗まれたんです」

「盗まれた？　いつ？」

今度は隆吉のほうが驚いて口をはさんだ。

「よく分からないんだけど、昨日《きのう》の閉場間際じゃないかと思うんだ。昨日はあの通り雨で、客も少なかったし、ここはとても暗かったのでね。隙《すき》を見て切りとっていったらしいんだよ。なに、そう大きいものじゃないから、ぐるぐる巻いて、外套《がいとう》か二重廻《まわ》しの下にでも隠せば、分からずにすんだわけだよ」

「その絵ひとつだけ？」

隆吉はなにかしら、ギリギリと背骨に錐《きり》をもみこまれるような苦痛をかんじながら、そう訊《き》きかえした。妙子も、漠然《ばくぜん》とした一種の不安を感じたのか真《ま》っ蒼《さお》になっていた。

「うん、その絵一枚だけだ。ねらってやってきたらしい。八木君も気の毒だよ。近ごろは災難つづきで」

「何かあったんですの？　その方にまだほかに。……あたし、ぜひ、紹介していただきたいと思っていたんですけれど」

「ええ、少し変なことがありましてね。君、茶でも飲みにいかないか。ひょっとすると八木君に紹介することができるかもしれない」

芳賀はなんの気もつかずにそう言った。

たずねる八木英三は喫茶室にも見えなかった。

「ねえ、芳賀さん、八木さんという方はどんな方ですの。まだ、若い方なんですの。

あたしちょっとお訊きしたいことがあったんですけど」

「そう、それじゃいつか機会をこしらえて紹介しましょう。いい男ですよ。とても有望なんです。それだのに、今度のようなことで出鼻をくじかれて、奴《やっこ》さん悄気《しょげ》なければいいがと思うんですがねえ」

「そうそう、それで、近ごろ災難つづきだというのはどういうことですの」

妙子はどうしても、八木という画家の輪郭をつかまずにはいられない気持ちらしい。

「それがねえ、妙な事件でしてね。君たちも新聞で読んだにちがいないと思うんだが……なに、八木君自身に直接関係のあることじゃないのだが」

「どんなことですの」

妙子はまえにおいた紅茶の冷えるのも構わずに、あくまでもこの問題を追及するつもりなのだ。

「御存じありませんか。僕も新聞のうえでだけ知っているんですが、何んでもねえ、鶯谷のほうにね、大きな工場が立つとかいうんで、古い家をつぶしていったんですよ。ところが、ある家の床下から古い人骨が出てきたんです。若い女らしいというんですがね」

「ああ、そういう記事なら、僕も読んだような記憶がある。たしか一か月ほどまえだったね。しかし、その事件と八木君と、どういう関係があるんだね」

「つまりね、そこでその家の住人というのを、過去にさかのぼって調べていったところが、そこに八木君が住んでいたことがあるんだよ。なに、八木君の住んでいたのは、もう五年もまえのことだがねえ」

妙子は大きく眼をみはったきり、なんとも答えなかったが、テーブルの下で、激しく膝頭《ひざがしら》のふるえているのが隆吉にもわかった。隆吉も舌が上顎《うわあご》にくっついたまま、しばらくなかなか口をきくことができなかった。

「で、八木君、なにかその白骨のことを知っていたのかね」

「むろん、知るはずがないさ。前に住んでいた奴か、あとから来た住人の仕業にちがいないやね。そこへ住んだことがあるというのが、つまり八木君の災難さ。警察へひっぱられたりなんかしてね、奴《やっこ》さん、大分まいったらしい。幸い八木君の知り合いのなかに、その年ごろに相当する失踪《しっそう》者なんて、ひとりもなかったので、まあ疑いは晴れたわけだが、それを思うと、人間、借家住まいもうかうかできないわけだな。ははははは」

芳賀は腹をゆすって笑ったが、隆吉と妙子は、それに調子をあわせるのに、非常な努力を払わねばならなかった。

五

鷺谷——五年まえに住んでいた家——女の白骨——X夫人の肖像——そしてその肖像の紛失——そういうふうに考えてくると、妙子の頭脳にも、隆吉の頭脳にも、同じようなある恐ろしい想像が湧《わ》いてくる。

「ねえ、あなた、あなた何新聞でその記事をお読みになったの？」

芳賀に別れて帰り途《みち》、妙子が恐ろしそうに身顫《みぶる》いしながらそう訊ねた。

「何新聞って、当時の新聞にはみんな出ていたよ」

「で、なにか着物のことやなんか出ていなかった？　その——白骨の——」

「妙子」

隆吉はふいに怖い表情《かお》をすると、

「お前、なんのことを考えているんだ。まさか、お澄さんが……」

「だって、だって……」

「まあ、お聴き、お澄さんは失踪してから、十日も経ってからわれわれのところへ手紙をよこしたんだぜ。鷺谷で白骨になっている者が大阪から……」

「でも、でも、分からないわ。あたし、なんだか恐ろしくなって来たわ。あの絵、そして今の話——、八木さんという方が、きっとこの秘密を握っていらっしゃるのよ」

「そうです。僕がその秘密を知っています」

日はうららと照っていたが、なにしろ、鷺谷のほうへ抜ける淋《さび》しい林の中だった。

落ち葉がひっきりなしに降っている、そういう人気《ひとけ》のないところから、ふいに声をかけられたのだから、妙子がびっくりしてとび上がったのも無理はなかった。

振りかえってみると、黒いビロードのブルースに、紐《ひも》ネクタイを結んだ、色の白い男が、ひらひらと舞い落ちる落ち葉のなかに立っていた。長い髪が、パサパサと頬《ほお》にかかって、唇《くちびる》の紅《あか》さが特別に目立っていた。ひと目で隆吉と妙子には、その男が何者であるかが分かったが、すると、名状しがたいある冷たい感覚が、電流のように二人の心臓をつらぬいた。

「失礼しました。いま芳賀さんから、あなたたちのことをお伺いしたものですから、急いで後を追っかけてきたのです」

「八木英三さんですね」

「そうです」

「僕を御存じですか」

「知っています。五年まえのある夜以来」

またもや、ある黒っぽい、じめじめとした感じが二人の胸を襲ってきた。

「それはどういう意味ですか」

「お話ししましょう。いつかはお話ししなければならぬと思っていたのです。ちょうどよい機会です。こういう林のなかでお話しするに、ふさわしいような話です」

八木の瞳《ひとみ》には、ちらと暗い翳《かげ》がさした。すると、白い頬や、長い髪の毛や、特別に紅い唇が、何んともいえぬほど淋しい翳を宿して見えた。

妙子は隆吉のうしろにかくれるようにして、この奇妙に悲しげな画家の顔を見つめている。その足下で、落葉がざわざわと風に吹かれて舞った。

「いま奥さんは、僕の住んでいた床下から出て来た白骨が、どんな着物を着ていたか、お訊ねの様子でしたね。家へ帰って新聞をお調べになるまでもなく、僕の口からお話ししましょう。その白骨はボロボロになった矢絣《やがすり》の着物を着ていて、右の大臼歯《だいきゅうし》に金冠がかぶせてあったそうです」

あっというような叫びが、妙子の唇から洩《も》れた。彼女は必死となって、良人《おっと》の袂《たもと》に縋《すが》りながら、しかし、その瞳《め》は八木英三の表情に釘《くぎ》付けになっている。

「だれが――だれがその死体を埋めたのです？」

「僕が埋めたのです。しかし、誤解なすっちゃ困ります。その女《ひと》を殺したのは、僕じゃありません」

妙子は再びあっというような叫びを洩らしたが、相手はそれにはお構いなしで話しだした。

「これは奥さんのまえで、お話しするような話ではありません。しかし、また考えようによっては、ぜひ奥さんにお話ししておかねばならぬ話でもあるのです。あなた方がおたずねの女《ひと》は、五年まえからすでにこの世のものではないのです。人手にかかって殺されたのですよ」

「だれに――だれに――？」

隆吉が喘《あえ》ぐように訊ねた。

「僕も知りません。しかし殺されたことだけは確かです。お話ししましょう。だれもほかに聴いている者はありませんから」

八木は林の中を見廻しながら、さて、ゆっくりと、つぎのような話をしたのである。

「いまから五年まえの、忘れもしない四月十七日の晩でした。あなた方御夫婦もきっと、その晩がじめじめした雨催《あめもよ》いの夜だったことを覚えていらっしゃるでしょう。その晩僕は、鶯谷の駅から自分の家のほうへ歩いていたのですが……そう、時刻はかれこれ十二時すぎのことだったでしょう。

「僕の家のすぐ近くに、大きな空き屋敷があります。あなた方もよくあの辺へいらっしゃるから御存じでしょうが、もと蟇大尽《がまだいじん》といわれた成金が住んでいたところから、付近では蟇屋敷と呼ばれています。その蟇屋敷の塀外《へいそと》に、若い女《ひと》が虫の息で倒れているのに、僕がつき当たったのです。その女はひどい怪我《けが》で……というより、恐ろしい刺し傷をうけて、もう、とうてい助かる見込みはありませんでしたが、それでも僕が驚いて助けを呼ぼうとすると、必死となって僕に縋りつきながら、どうか人を呼ばないでくれと頼むのです。

「僕も当惑しましたが、しかしそのままには捨てておけませんので、すぐ近くの自分の家へ担《かつ》ぎ込みましたが、その女はどうしても医者を呼ぶことを承知しないのです。そして、後生《ごしょう》だから、だれにも知られぬようにこのまま死なせて欲しいというのです。瀕死《ひんし》の苦悶《くもん》のうちにありながらも、そういう彼女の表情には、何かしら容易ならぬ固い決心のいろが見えました。それで、僕が躊躇《ちゅうちょ》していると、その女は僕に、ペンとレターペーパーを貸してくれといいました。僕が渡してやると、いま考えても不思議なほどの気力で、二通の手紙を書きあげたのです」

そう言って、八木英三はじっと隆吉夫婦の顔を眺めていたが、やがてまた、その恐ろしい話の続きをはじめた。

「さて、二通の手紙を書き終わると、その女は端然と正座して、真正面から僕の顔を見ながら、あなたは正直そうな、信頼のできそうな方だから、ここに折り入ってお願いがあるといいます。よろしい、何んでも言ってごらんなさいといいますと、わたしが死んだら、だれにも知らせずに、人知れずどこかへ死骸《しがい》を埋めてくれというのです。僕も驚きました。それで何かいおうとすると、その女は激しく手を振って僕を制《と》めながら、いやいや、お願いというのはこればかりではない。もっと恐ろしいことを頼まねばならぬというんです。で、どういうことかと訊ねてみると、蟇屋敷の邸内にある古井戸に、もうひとつ死骸があるはずだから、これも人眼につかぬよう、古井戸を埋めてくれというんです」

隆吉も妙子も一言も口をきくことができなかった。蒼ざめた頬に、ちらちらとひっきりなしに落ち葉が舞いかかったが、二人ともそんなことに気がつかぬほど、茫然《ぼうぜん》としていた。

「僕はいよいよ驚いて、いったい、だれがそんなことをしたのだ、そして、その古井戸にある死体とは何者だと訊ねると、その女はしばらく黙って眼をつむっていましたが、やがてくわっと焼けつくような瞳を僕に向けると、その死骸は悪い男です。そしてわたしに耐えがたい侮辱を与えようとしたから、わたしが殺したのです。そして、わたしは自殺するのですという返事です。しかし、僕にはすぐ、彼女の言葉が嘘《うそ》だということが分かりました。なぜといって、その女の傷は、とても自分の手で突けるような場所ではないのです。それで僕が黙っていると、その女は構わずに、さっき書いた二通の手紙を僕のほうへ押しやりながら、今夜から十日ほどたったら、どこか遠いところから、この手紙を投函《とうかん》してくれ。その旅費には、わたしの指輪や、時計などを売ってあててくれ。もしあまったら、あなたに差し上げますから、どうとも御自分の好きなようにしてくれという頼みです。そして、それだけいうと、僕の返事も待たずに死んでしまいました。そして、僕が結局、彼女の願いどおりにしたことは、あなたも御存じのはずです。僕が大阪から投函した手紙の一通は、あなたがたの手にとどいたはずですから」

八木はそこで言葉を切った。しいんとした沈黙が、水のように三人のあいだを流れた。やがて妙子のしくしくと咽《むせ》び泣く声が、雨垂れの音のように、遣瀬《やるせ》なく隆吉の背後から洩《も》れてきた。

「僕が何んで、そんな恐ろしい頼みを引き受けたか、その秘密をあなたがたは御存じですか。僕だって、そんなことをして、発覚したら法に問われることは知っていました。しかし、それでいて、その女《ひと》の頼みを引き受けずにいられなかったのは、その女の健気《けなげ》さに打たれたからです。僕はすぐ、この事件の秘密を看破してしまいました。井戸の中の死体――それはまだ若い男でしたが――も、その女も、同じ人物の手にかかって殺されたことは明らかでした。それでいて、その女は、自分を殺した人物を必死となってかばおうとしていたのです。僕はその恐ろしいまでに深い愛情――犯人に対するその女の愛情に打ち負かされたのです。さあ、僕の話というのはこれきりです。今度の『X夫人の肖像』の事件から、僕はまた、警察でいろいろ取り調べを受けることでしょう。ひょっとしたら、警察でも、あの絵と、床下の白骨がまとうていた矢《や》絣《がすり》の着物との関係を、嗅《か》ぎつけるかもしれません。しかし、もしあなたがあの人に会ったら言っておいてください。僕の口から、この秘密が洩れることは決してないと……

「……」

「しかし、しかし、あの絵を盗んだのは？」

八木英三の眼と隆吉の眼がそこでピタリと会った。二人はすぐに、相手が理解していることを諒解《りょうかい》しあった。

「僕は知りません。しかし、あの絵を持ちかえった人物こそ犯人でしょう。じゃ、さようなら、あの人に会ったらよろしく言ってください。X夫人の肖像の主《ぬし》は、最後まであの人を愛しつづけていたのだと……」

八木英三は落ち葉のなかを風に吹かれながら、蹌踉《そうろう》として立ち去っていった。

その夜おそく、隆吉夫妻は激しく表戸をたたく音に呼びさまされた。訪れてきたのは、伯父の家に召し使われていた老婢《ろうひ》で、その口から、伯父の晋作が急死したことを知らされた。

夫婦が取るものも取りあえず、鶯谷へかけつけると、晋作は床の間に「X夫人の肖像」を飾り、そのまえに香花を手向《たむ》けて、従容《しょうよう》として服毒していた。遺書はなかったが、その原因は明らかだった。その枕下《まくらもと》に、あの白骨事件の切り抜きがおいてあり、そして、その記事の、次のような一節に圏点《けんてん》がほどこしてあったから。

白骨は矢絣の衣類をまとい、右の大臼歯に金冠をかぶせあり、死後五年ぐらい経過するものと認められている

八百八十番目の護謨《ゴム》の木

日時計の遺書

銀座《ぎんざ》のニュース映画劇場をとび出してきた三《み》穂《ほ》子《こ》は、唇《くちびる》の色まで真《ま》っ蒼《さお》になっていた。

いま見てきた文化映画「南十字星」のある場面が、くっきりと眼底に焼きつけられて、三穂子の心臓は昂奮《こうふん》のために、早鐘《はやがね》を撞《つ》くように躍っている。

「あれだわ。あれだわ。日時計に書かれていたあの恐ろしい文字の意味はあれなんだわ」

あまり意外な発見に、口のなかがからからに乾いて、いまにも息がとまりそうだった。

「ああ、どうしよう、どうしよう、これで慎介《しんすけ》さんの冤罪《えんざい》は分かったけれど、でもだれがこんな妙なことを信じてくれよう。でも、間違いはないわ。緒《お》方《がた》さんが死ぬ間《ま》際《ぎわ》に、血で書いた文字の意味はあれだったんだわ」

銀座の舗道が波のようにゆれて、三穂子は感動のために泣き出しそうだった。いまや恋人を救う秘密の鍵《かぎ》は自分の手に握られている。三穂子がいま発見した事実に間違いないとしたら、彼女の恋人にかかっている殺人の嫌疑《けんぎ》は、少なくとも一応は解消するわけだった。

だが、この発見をいったいどこへ持ち出せばいいのだ。警察が自分の言葉を素直《すなお》に信じてくれるだろうか。それはあまりにも物語めいた発見だし、第一その証拠というのは、海を越えた遠い向こうの国にある。

「ああ、慎介さん、慎介さん、あなたはいまどこにいらっしゃるの。あなたはあれにお気づきにならなかったの。お気づきになったのなら、なぜ逃げ隠れしないで、警察へ出てありのままお申し立てにならなかったの?」

三穂子はふと、今から三月ほどまえに起こったあの恐ろしい事件を思い出すと、思わずにぎやかな銀座のまんなかで身顫《みぶる》いするのだった。

大谷《おおたに》慎介——これが不幸な彼女の愛人の名前なのである。三穂子がこの青年と識《し》り合ったのは、いまから数年まえのことだった。

そのころ両親を失って、伯母《おば》の厄介《やっかい》になっていた三穂子は、その隣家に下宿して、苦学しながら外語へ通《かよ》っていた慎介にしだいに引きつけられていった。慎介も幼いころ、両親をなくした孤児だったが、そういう似通った境遇が二人を結びつけたのだろう、慎介と三穂子の間には、いつか結婚の約束までできていた。

外語では慎介は、マレー語を専門に勉強していた。将来南方へ雄飛したいというのが、慎介の年来の希望だったが、その夢がかなって、学校を卒業するとすぐ、慎介はこの上もない就職口にありつくことができた。南洋で護謨《ゴム》園《えん》を経営している緒方順《じゅん》蔵《ぞう》という人物に見込まれて、その秘書ということに話がきまったのである。

「三年待っておくれ、三年の間に僕も地盤を築いてくる。そうしたらきっと君を迎えにくるから、それまで待っていておくれね」

三穂子にそう固い約束を残して、勇躍南洋へ渡航した慎介だった。しかも南洋における慎介の境遇は、予想以上に幸運だったらしい。彼の主人緒方順蔵という人は、赤《せき》手空拳《しゅくうけん》南洋へ渡って、現在の地位を築きあげた成功者の一人だったが、愛する妻を異郷の地に失ってからは、二度と娶《めと》らず、子供とてない淋《さび》しさからか、慎介をわが子同様に可愛がって、いくいくは自分の後継者と目《もく》している。……と、そういう慎介からの便りを受け取るたびに、三穂子の胸は希望でわくわくするのだった。

こうして三年たった。待ちに待った約束の日が、とうとうやってきたのだ。

慎介からは近く緒方氏とともに帰国するからその時結婚式を挙げよう、そして新婚旅行は南十字星の下だ、君もそのつもりで用意していてくれというような嬉《うれ》しい便りがやってきた。

「あの時はどんなに嬉しかったろう。いえいえ、それより、横浜港で三年ぶりに、たくましく日焼《ひや》けしたあの人の顔を見たときの嬉しさ、それだのに、ああ、それだのにあんな恐ろしいことが起こって……」

と、三穂子はその時のことを思い出すと、いまでも胸がつぶれそうになる。

緒方氏は南洋の土になる覚悟をきめているので、内地には家《うち》を持っていなかった。だから日本へかえってくると、いつも自分の事業共同者、日疋龍三郎《ひびきりゆうざぶろう》氏のところへ逗《とう》留《りゆう》することになっている。

日疋龍三郎というのは、緒方氏のかつてのよき共同者、日疋専市《せんいち》氏の令息で、専市氏の死後は自らその椅子《いす》をついでいるが、まだ三十前後の年若い独身者、病身のせいかめったに南洋へ渡ったこともなく、内地にあって専ら護謨園の代理店みたいなことをやっている。

緒方氏と慎介は、ひとまず鎌倉《かまくら》にある、その龍三郎氏の邸宅に旅装をといたが、その夜、恐ろしい事件が突発したのである。

真夜中ごろだった。

庭のほうからけたたましい悲鳴が聞こえてきたので、下男のひとりが驚いて飛び出してみると、パジャマ一枚の緒方氏が、月光に濡《ぬ》れた日時計にもたれかかってぐったりとしている。見ると、その背中のあたりから真っ赤な血がぶくぶくと吹き出しているから下男も胆《きも》をつぶした。

「あ、旦那《だんな》、だれが——だれがこんなことを！」

怒鳴ったが、緒方氏は咽喉《のど》をゴロゴロ鳴らしただけで、口をきくこともできなかった。そのままくなくなと芝生《しばふ》のうえに倒れそうになるのを、下男がしっかりと抱きとめて、

「しっかりしてください。旦那、ああ、だれか来てえ、たいへんだ、たいへんだ、人殺しだ！」

その声を聞きつけて、邸内はにわかに騒がしくなったが、その時だ、緒方氏が最後の力をふりしぼり、血に濡れた指で日時計のうえに書いたのは、O谷《オーたに》と、ただそれだけ、そのまま緒方氏は召使いの胸に抱かれて息絶えてしまったのである。

O谷、——妙な書きかただが、むろん大谷のことに違いない。緒方氏は実に、断末魔の際に慎介の姓を日時計のうえに書き残したのだ。

それから後のことは、思い出しても三穂子はぞっと身内が寒くなる。被害者がそう書き残した以上、慎介に殺人の嫌疑《けんぎ》がかかるのはもっともだった、しかも慎介は、それに対して一言の弁解もなく、突如姿をくらましてしまった。

逃亡こそもっとも雄弁な告白なのだ。だから今ではだれ一人、慎介の有罪を疑うものもなく、爾来《じらい》三か月、彼の行方《ゆくえ》は厳重に捜索されている。

だが……ああ、だが、三穂子はいまや慎介にかかっている疑惑《ぎわく》の一端を解くことができたのだ。少なくともO谷と書かれた日時計の文字が、慎介をさしているのではなく、もっとほかのものを示していることを発見したのだ。それが何を意味しているのか、まだよく分からなかったけれど……。

三穂子は昂奮と激動のために、まるで酔《よ》い痴《し》れたような歩調《あしどり》で、銀座の舗道を歩いていく。

映画は語る

「日足様でいらっしゃいますか。私、磯貝《いそがい》三穂子でございます。はあ、大谷慎介のことで二、三度お眼にかかりました。……その節はいろいろ御心配をおかけいたしまして。……ところで、あの突然でございますけれど、私あのことでとても妙なことを今日発見いたしましたの、緒方さんが日時計の上に書き残されたあの文字、……それについて、こうではないかと思われるような事実を発見したのでございますけれど、あの、恐れ入りますが御都合《ごつごう》がつきましたら、すぐお出かけくださいませんでしょうか。私、いま銀座のS屋《エスや》の二階にいるんですけれど。あの、お出かけくださいますか、ありがとうございます。では、恐れ入りますがどうぞ、どうぞ……」

三穂子が銀座のS屋から、日疋龍三郎に電話をかけたのは、あれから三十分ほど後のことだった。

警察へ訴えて出るにしても、三穂子は一応だれかに、自分の意見を聞いておいてもらいたかった。といってこんなことを打ち明けて然《しか》るべき知人を一人も持たぬ彼女は、さしあたり日疋龍三郎よりほかに思いあたる人物はなかった。

龍三郎とはあの事件以来、二、三度会ったことがあるきりで、冷たい、取っつきの悪い人だと思っていたが、いま、三穂子が電話をかけると、相手も非常に驚いたらしく、すぐ出向いていくという返事。

三穂子がいらいらしながら待っていると、やがて龍三郎の黄色い顔がS屋の階段から現われた。それにしても、慎介とあまり年齢《とし》も違わないのに、何んという大きな相違だろう。慎介のあのピチピチとした若さに引きかえ、龍三郎ときたら、まるで老人のように皮膚が艶気《つやけ》を失って、眼のふちにはいつも黒い隈《くま》ができている。過度の飲酒と享楽は、三十歳の若さにして、早くも惨《みじ》めに龍三郎のからだから、青春を蝕《むしば》みつくしているのだった。

しかし、今の三穂子にはそんなことを考えているひまもない。

「あ、よくいらしてくださいました。突然で失礼かとも思ったのですけれど、あたしどうしていいか分からなかったものですから……」

「いや、そんなことはどうでもいいが、で、あなたの発見というのはどんなことですか。だいぶ昂奮《こうふん》していられるようだが」

「ええ、それがたいへん妙なことでございまして……」

と、三穂子は腕時計《リスト・ウオッチ》に眼をやりながら、

「ああ、ちょうどよろしゅうございますわ。間もなくあれがはじまる時分ですから、あなたの眼で一応鑑定していただきたいのですけれど」

「あれって、何がはじまるんです」

「それが、……あの……映画なんですの」

「映画？」

龍三郎は唖然《あぜん》として三穂子を見つめている。

「ええ、そうですの。あたし半年ほどまえに、その時分まだ南洋にいた大谷から手紙をもらったことがございますの。内地から文化映画の撮影班が来て、目下《もっか》『南十字星』という映画をとっている。その中に自分の働いているオガタ護謨園の風景もうつっているから、内地で封切りされたら、ぜひ見てくれるようにと言ってきたんです。ところが今日新聞を見ると、その『南十字星』が銀座で封切りされている模様なので、何気なく見にきてみると……」

「何かあったんですか、その映画に？……」

「ええ、緒方さんが死ぬ間際に、日時計のうえにお書きになった文字、あの秘密がハッキリと分かったんです。でも、こんなこと私の口から申し上げるより、一度見ていただいた方が早道ですわ。あ、間もなく始まる時間です。御足労ですけれど、ぜひどうぞ、どうぞ……」

懇願するような三穂子の眼を、龍三郎は呆気《あっけ》にとられたような表情《かお》で見返していたが、それでも相手の熱心さに、しだいに動かされてきたらしい。

「そうですか。それじゃともかくお伴《とも》しましょう」

と、それからすぐに連れ立って、さっき三穂子がとび出してきたばかりの、ニュース劇場へ入っていったが、あたかもよし、いま問題の「南十字星」がはじまろうとするところだった。

だいたいこの映画は、南洋における邦人の活躍を、手際《てぎわ》よくまとめた一種の宣伝映画だったが、その一部分に、蘭領《らんりょう》ボルネオにあるオガタ農園の風景もおさめられているのだった。

「気をつけてください。もうすぐですから」

三穂子の注意に龍三郎が、眼を皿《さら》のようにしてスクリーンを見つめていると、やがて珍奇な南洋風物の紹介につづいて、オガタ農園の整然たる労働が繰りひろげられていく。

――オガタ農園は蘭領ボルネオの西部にあり、邦人経営の護謨《ゴム》園としてはもっとも成功せるものでございます。あの第一次欧州戦争後の大不況時代、他の邦人たちが多く失敗して引き上げた中に、オガタ農園のみは主《あるじ》緒方順蔵氏と共同者日疋専市氏の血のにじむような苦心の結果、ついに今日の成功をかち得たものであります。その経営たるや実に秩序整然たるもので、一齣《いっせき》に百本ずつ植林された護謨の木は、碁盤の目のように整然とならび、しかもその一本一本には0《オー》のマークとともに、植林番号が彫りつけられてあります。これによって、護謨の木の数を一目にて知り得るはいうまでもなく、病木、枯死、補植など一目瞭然《りょうぜん》、判明するようになっているのであります。……

……と、そういう解説と同時に映し出された護謨園の護謨の木には、なるほど、一本一本、0一〇〇〇、0一〇〇一というふうに、彫りつけられているのである。

「あれです。証拠というのはあの番号ですわ」

低声《こごえ》に囁《ささや》く三穂子の言葉に、

「あれって、あの植林番号ですか」

「そうですわ。まだお分かりになりません？　一〇〇〇という数があるくらいなら、当然、八八〇という数もなければなりません。八八〇――これを、いま息を引き取る間際の人が、おぼつかない手つきで書いたとしたら……」

突然、龍三郎はぎくりとして椅子《いす》のうえから尻《しり》を浮かした。

八八〇——ああそうだ、そういえば、日時計のうえに書かれていた谷という字には、どこか妙なところがあった。龍三郎はいまでもハッキリ思い出すことができる。

ああ、それではあれは谷という字ではなく、八八〇という意味だったのか。

「ねえ、お分かりになりまして。あれは大谷という名前ではなかったのです。〇八八〇という番号だったのですわ」

「しかし、しかし……それはまたどういうわけなのです。何んだってまた緒方氏は死ぬ間際に、そんなことを書き残したのでしょう」

「それは私にも分かりません。でも、その護謨の木に、——八百八十番目の護謨の木に、何か秘密があるのでございますわ。加害者の名前より、もっと大事な秘密が……」

鸚鵡《おうむ》の声

炎《も》ゆる太陽、エメラルドグリーンの海、砂は白く、椰子《やし》の葉は青く、すべてが赤道直下の毒々しい原色に塗りつぶされた、ここは西部ボルネオの一開港地。

いましもシンガポールから入ってきた一汽船から、この港の桟橋《さんばし》へおり立った二人づれの日本人がある。いうまでもなくこの二人づれとは、日足龍三郎に磯貝三穂子だ。はるばると来つるものかな。——三穂子はいまさらのように、この熱帯の奇異な港におり立って、感慨無量なるものがあった。

時あたかも、日華事変が勃発《ぼっぱつ》したばかりの時で、蘭印《らんいん》いったいにかけても、ものものしい雰囲気《ふんいき》がかんじられ、ふつうならば、日本人の上陸はなかなか容易ではなかったのだろうけれど、龍三郎はオガタ護謨園の共同経営者でもあり、今度は護謨園整理のためという名目もあったので、上陸許可にそう大してひまもかからなかった。三穂子はその女秘書という触れ込みなので、これまた大した取り調べもなく。

「さあ、ここまでは無事に来たけれど、これから先がたいへんですよ」

「護謨園まではまだ大分ありますの？」

「そうですね。この町から六十キロあまりも河をさかのぼらねばなりません。しかもその河ときたら鰐《わに》がうようよするほどいるんですよ。行ってみる勇気がありますか」

「えええ、ございますとも。あたしあの八百八十番目の護謨の木をみるまでは、どんなことがあってもこの旅行を思いきりませんわ」

龍三郎は奇妙な薄笑いをうかべながら、

「いや、なかなか大した勇気ですな。行ってみて、落胆《がっかり》というようなことにならなければいいですがね」

「あら、それはどういう意味ですの」

「いやね、君がせっかく意気ごんでいるところだから、こんなことは言いたくなかったけれど、どうも僕には君の発見には信用がおけないような気がするんだ。だって、何んだかあまり物語めいているんだからね」

「あら、じゃ、八百八十番目の護謨の木なんてない、とおっしゃいますの」

「いや、それはあるだろう。しかし、あったところでたかが護謨の木だ。遠い内地の空で起こった殺人事件なんて、知っている筈がないと思うんだがね」

「それは、いずれ問題の木を見てからのことですわ。もしその木に、何んの秘密もなかったら、あたし、あきらめますわ」

「いや、あきらめるなら、いまからあきらめた方がいいね。やっぱりあれは大谷という意味だったんだよ。君には気の毒ながらね」

その日は町にある、都《みやこ》ホテルという日本人の旅館へ一泊することになった。こういう異郷にも日本人の経営する旅館があるかと思うと、三穂子は心強かったが、それに引きかえ、この港へ上陸するやいきなり、がらりと変った龍三郎の態度が、なんとなく気になってならぬのだ。

　今度の旅行に出るについては、実は三穂子は、さんざん龍三郎に奨《すす》められて、ついその気になったのだった。彼女のつもりでは、まさか赤道直下までやってくる気はなく、一応龍三郎の意見をたたいたうえで、あとは警察へ一任するつもりだった。それを龍三郎の熱心な勧めで、ついその気になったばかりか、これまた彼の意見にしたがって、自分の発見を、だれにも話さずにきたことが、いまさらのように気にかかる。

龍三郎に、何か腹黒い企《たくら》みでもあるのではあるまいか、……そんなことを考えると、この熱帯に身をおきながら、ゾッと氷につつまれたような薄ら寒さだった。

都ホテルの主人は志賀《しが》という広島の者で、もう二十年ちかくもこの地に旅館をひらいているということだったが、この辺には珍しい年若い、しかも美しい内地娘の三穂子を見ると、眼をすぼめて喜んだばかりか、いろいろと面白い話もきかせてくれた。

龍三郎はホテルへ着くと、あらかじめ彼の電報で来ていたマレー人といっしょに、どこかへ出かけてしまって、ホテルのロビーには志賀と三穂子の二人きり。三穂子にはいよいよ龍三郎のことが気がかりになっていた。

「ねえ、あの日疋さんという人は、ときどきこちらへ来ることがあるんですの？」

「そうですね。まあ一年に一度か二年に一度くらいでしょうね。来てもすぐ引き上げてしまいます。あの人にゃ、熱帯で汗を流して労働するより、銀座あたりで女の尻《しり》でも追っかけている方が性《しょう》にあっているんでしょうよ」

三穂子はそれを聞くと顔を赧《あか》くした。

「いや、これは失礼、お嬢さんのことをいってるんじゃありませんよ。お嬢さんのことなら、大谷さんからよくお名前を聞いていましたよ。お目にかかれてこんな嬉《うれ》しいことはありません」

「あら！」

三穂子は嬉しげに、

「じゃ、あの方を御存じなのね」

「知ってますとも。この辺の日本人で私の知らないのはありませんや。町へ来るといつも寄ってくれましてね。いい青年でさ。海外で成功するにはあれでないといけません。大胆で、奇智があって、それで誠実ですからね。だれにでも可愛がられますよ。ちょうど緒方さんや、龍三郎の親爺《おやじ》さんの専市さんというのが、若い時分、あれでしたがね」

「まあ、ずいぶん古いことまで御存じね」

「そりゃ……なにしろ私はここの草分けですからね。それにひきかえて、意気地のないのはあの龍三郎の奴《やつ》ですよ。あれじゃ親の面汚《つらよご》しでさ。もっとも、あいつは専市さんの実子じゃなく、死んだ女房の連れ子ということですがね。それでも、緒方さんは旧友に対する誼《よし》みを思えばこそ、ああしてパートナーとしているんですが、あいつに、大谷さんの血が半分でもあればねえ」

志賀は溜息《ためいき》をつくと、

「おっと忘れてました。それにしても緒方さんはお気の毒なことになりましたねえ。それに大谷さんがその下手人だなんて……そんな馬鹿なことがあるもんかって、ここの日本人はみんな憤慨してますよ」

「ええ」

と、三穂子は思わず泪《なみだ》ぐみながら、

「そのことであたしもはるばるここまで来たんですけれど、ねえ、小父《おじ》さま、慎介さんが犯人でないとしたら……いえ、犯人でないことは分かりきってますけれど、そうだとすると、いったいだれが犯人でしょうねえ。小父さま、何か心当たりはございませんか」

「分かってますよ。あいつですよ」

「あいつ？」

「そう、あいつでさ。私ゃちゃんと知ってるんだ。あいつのほかにだれが緒方さんのような善人を殺すもんですか」

「小父さま、いってちょうだい。あいつってだれのことですの？」

「分かりませんか、お嬢さん、あいつというのは……」

言いかけたが、志賀はそのままピタリと口を噤《つぐ》んでしまった。その時ホテルの入り口から、龍三郎がはいってきたからである。

龍三郎はゾッとするほどものすごい眼で、しばらく二人の様子を眺《なが》めていたが、やがて、乾いたような笑声を立てると、

「は、は、は、は、いやに話が持てるね。志賀君、あまり冗《くだ》らんことをこの人の耳に入れるもんじゃないぜ」

そういいながら、疑い深そうな眼で、三穂子の様子を凝視《みつ》めていたが、その時だった。ふいに妙な声が、ロビーじゅうにとどろき渡った。

「ミホコサン――ミホコサン！」

あっと驚いた三人が、声のする方を振り返ると、窓に吊《つ》るした鳥籠《とりかご》の中で、羽根の美しい鸚鵡《おうむ》が首をかしげて、さも得意げに、

「ミホコサン――ミホコサン！」

「まあ！」

三穂子は思わず息をのんで、

「この鸚鵡、どうしてあたしの名を知っているのでしょう」

「妙ですね。これは昨日やってきた、薄穢《うすぎたな》い髯《ひげ》ぼうぼうの中国苦力《クーリー》がおいていったものなんだが……」

小首をかしげて呟《つぶや》く志賀の言葉を聞くと、龍三郎はなぜかさっと顔色をかえたのである。

熱帯の太陽

碧黒《あおぐろ》く淀《よど》んだ水が流れるともなく緩《ゆる》い屈曲をえがいて、大密林を貫いている。両岸を見るとどこもかしこも森また森、マングローブが根をさかしまに植えたように奇怪な幹をつらねて、その密林の尾根を、おりおり猿《さる》の大群が渡っていく。まったく人跡未到の大密林だった。仰げばその密林に区劃《くぎ》られた空のうえに、ぎらぎらするような太陽が、わがもの顔にきらめいて、曲がり角のデルタには鰐《わに》が群れをなして甲《こう》羅《ら》を干している。

そういう河の上を、ゴトンゴトンと単調な音を立てて、いましも一艘《そう》の小蒸気が溯《そ》行《こう》していく。甲板のうえには中国人やマレー人や、蘭人と原住民の混血児が、死んだようにうずくまって、だれひとり口をきく者もない。三穂子は懶《ものう》げな眼でこういう風景を見ながら、頭脳《あたま》のなかでは果てしない想いを追いかけていた。

いったい、都ホテルのあの鸚鵡を持ってきた中国人というのは何者だろう。どうしてあの鸚鵡が自分と同じ名を口走るのだろう、いやいやそれより、昨日都ホテルの主人が言いかけた、犯人の名というのが気にかかる。今朝、河岸《かし》の波止場《はとば》まで見送りに来てくれた志賀が、妙に落ち着かぬ物腰で、

「気をつけてくださいよ。ここから奥へ入るとそれこそ法律の圏外《けんがい》みたいなところですからね。気をつけてくださいよ、ことに龍三郎のつれのあのマレー人に用心したほうがいいですよ」

と、早口に囁《ささや》きながら、そっと彼女に握らせてくれた一挺《ちょう》のピストル。三穂子がスカートの下でそのピストルを握りしめながら、向こうを見ると、龍三郎があのマレー人とならんで何やら熱心に話している。

このマレー人は名前をヌクラといって、どうやら白人の血が混ざっているらしい。妙に狡猾《こうかつ》そうな眼で、ときどきこちらを振り返るのが、三穂子にはなんとなく気がかりだった。やがてヌクラが何やら囁くと、龍三郎もこちらを振り返り、にやりと笑うと、

「鰐が……」

と、顎《あご》でデルタのほうをさし示す。三穂子もなにげなく、デルタに甲羅を干している、あの嫌《いや》らしい鰐の群れに眼をやったが、やがてまた龍三郎のほうを振り返ったとたん、相手の眼にうかんでいる奇妙な光を見つけて、思わず鳥肌《とりはだ》の立つような冷気を感じたことである。

やがて日が暮れて夜になる。密林の空には美しい月が出て、どこかでカメレオンのけたたましい声が聞こえる。おりおり黒い虹《にじ》をかけつらねたように、巨大な蝙蝠《こうもり》が空

をわたっていく、三穂子はそのたびに熱帯の夜のうすら寒い風景に身をちぢめるのだった。

「あの、オガタ農園はまだなかなかでしょうか」

「そうだね。向こうへつくのは明け方になるだろうよ。寝室へはいって寝てたらいいだろう」

甲板には中国人、マレー人がいぎたなく眠っている。三穂子は寝室へさがったが、なかなか眠るどころではなく、ともすれば頭脳《あたま》のなかを去来するのはあの奇妙な護謨の木のこと、恋人大谷慎介のこと。

明け方ごろ、エンジンの音がしだいに弱くなってきたので、甲板へ出てみると、さしもに広い大密林もしだいに疎《まば》らになって、ちらほらと番人小屋が見える。やがて船は河岸につき出た粗末な桟橋《さんばし》に横着けになった。

「さあ、着いた。気をつけて降りたまえ」

桟橋におりてみると、意外にその辺はひらけていて、小高い丘のうえまで坦々《たんたん》たる路がついている。オガタ農園はその丘のうえにあった。見るとヌクラはすでに番小屋にあずけてあった馬車に乗りこんで二人を待っている。

「あの、この辺には日本人はいないんですの」

「いや、いることはいるがね。あいつらに会うとうるさいから」

いかにも素《そ》っ気《け》ない調子だった。さっさと馬車に乗りこんだ龍三郎のあとから三穂子も仕方なしについて乗る。

ガタ馬車に揺られること三十分、二人がたどりついた荘園は思ったより立派な建物で、さすがに緒方氏が永住の覚悟をきめていただけに、植民地などによくある腰掛式な建物とは趣きがちがっていた。

「どうだね。問題の護謨《ゴム》の木を見るかね」

「ええ、でも護謨園はまだ奥のほうでしょう？」

「いや、ところがあの一本に限ってこの荘園の中にあるんだ。というのは緒方氏が八百八十番目の護謨の木を植えようとした時、あの人の奥さんがなくなってね。で、その記念にその一本だけは荘園の裏に植えて、愛妻の墓標《ぼひょう》としたのだ。来たまえ、すぐそこだ」

そういう龍三郎の様子にも、一刻もはやくそこへ行きたい素振《そぶ》りが見える。三穂子は油断なくピストルを握りしめながら、龍三郎とヌクラのあとからついていったが、荘園の裏側はまた緩《ゆる》い下り坂になっていて、その坂を下りきると、十数丈の崖下《がけした》に、さっき溯行《そこう》してきた河の支流だろう、白い流れが光っている。対岸は千古の大密林、八百八十番目の護謨の木は、その崖上の柵《さく》の中に立っていた。

「さあ、これこそお望みの護謨の木だ。よく御覧《ごろう》じろ」

せせら笑うような声なのである。なるほど粗《あら》い樹皮《じゅひ》を削って0八八〇の印が彫ってある。

三穂子は思わず胴顫《どうぶる》いしながら、

「日足さん、あたしにはわからない。この護謨の木がどういう秘密を抱《いだ》いているのか、あたしには見当もつきません。でも、この世にただ二人それを知っている人があります」

「だれだね、それは？」

「あなたです。あなたとヌクラです。二人はそれを知っていればこそ、いまここへやってきたのです。さあ、その秘密というのをあたしに話してちょうだい」

龍三郎はヌクラと顔を見合わせていたが、やがてふふんとあざ笑うように鼻を鳴らすと、

「なるほどよく言った。それじゃ話してあげるがね、これは僕だけが知っている秘密だが、緒方氏はこの護謨の木の下を、金庫がわりに使っていたんだ。この辺じゃときどき恐ろしい強盗団が徘徊《はいかい》することがある。二、三度それにやられた緒方氏は、それ以来大事な品や書類を手《て》提《さげ》金庫に入れ、この護謨の木の下へ埋めておいたのだ。つまり亡妻の霊がそれを護《まも》ってくれようというわけだね」

と、龍三郎はヌクラを振り返り、

「さあ、ヌクラ、掘ってみろ。何が出るかな」

一種異様な緊張のうちにも、いかにも楽しそうな様子なのである。ヌクラはすぐさま、馬車から持ってきた鶴嘴《つるはし》で、護謨の根方を掘りはじめる。一尺、二尺――土がしだいに掘られていくに従って、龍三郎の呼吸がせわしくなってくる。額《ひたい》には汗がびっしょり。

やがて鶴嘴の先端《さき》が何かにあたってかちりと音を立てた。と、そのとたん、龍三郎は猛然とヌクラを押しのけ、守銭奴《しゅせんど》のように両手で土を掘りはじめたが、やがて土の下から掘り出したのはいくらか錆《さ》びた手提金庫。

「あったぞ、あったぞ」

龍三郎の眼中にはもう三穂子のこともヌクラのこともなかった。呼吸を弾《はず》ませ夢中になって金庫のダイヤルを廻していたが、その時だ、

「危ない！」

三穂子が叫んだのである。まったくそれは間《かん》一髪《ぱつ》の差だった。三穂子の声に龍三郎が本能的にとびのいたとたん、ヌクラの振りあげた鶴嘴が、虚空《こくう》を切って落ちてきたのである。

「ヌクラ、何をする！」

だがヌクラはそれに応《こた》えようともしない。悪鬼の形相《ぎょうそう》ものすごく、またもや鶴嘴を

ふりあげると逃げまどう龍三郎を追ってくる。

「ヌクラ、何をする。気でも狂ったのか」

右に避《よ》け、左に避《よ》けつ龍三郎が逃げまどうているうちに、いま掘り返した穴の中へ片脚《かたあし》つっ込んだからたまらない。あっと叫んで四つん這《ば》いになった。その上から、ビューッと風を切って落ちてきた鶴嘴、これをまともに喰ったら、龍三郎の生命はないところだったが、その時だった。

ズドン、ズドンとつづけさまに銃声二発。三穂子の指がピストルの引き金にかかったのである。銃声は密林から密林へとこだまして、大蝙蝠の群れが胡麻《ごま》をふったように空に舞いあがったが、やがてそれもおさまると、あとは千古の大静寂《おおしじま》。

三穂子はまだピストルを握りしめたまま、放心したように突っ立っている。胸板を貫かれたヌクラはヒクヒクと手脚《てあし》を動かしていたが、やがてぐったりと動かなくなった。

龍三郎は夢からさめたように、

「三穂子さん、君が……僕の生命を救ってくれたのですか」

三穂子は手にしたピストルに眼をやりながら、はげしく頭をふって、

「いいえ、あたしじゃありません。あたしも夢中で引き金を引きましたけれど、狙《ねら》いがはずれて、ほらあの石に当たって跳《は》ね返っていますわ」

「じゃ、ヌクラを斃《たお》したのは……？」

二人はふいに護謨の木のほうを振りかえった。その木の背後《うしろ》から、まだぶすぶすと煙を吹き出しているピストル片手に、ぬっと現われた一人の男――おお、三穂子はその顔を見るなり、夢中になって相手に縋《すが》りついた。

「おお、慎介さん、あなたでしたの。あなたでしたの。やっぱりあなただったのね。都ホテルへ鸚鵡《おうむ》を預けておいてくだすったのは？」

「おお、大谷君！」

龍三郎も夢から覚めたような顔色で、

「それじゃ僕を救ってくれたのは、大谷君、君だったのか」

慎介はにっこり笑いながら、

「そうです。日疋さん、あなたはこれでもまだ眼がさめませんか」

「大谷君、許してくれたまえ」

何もいえなかった。慙愧《ざんき》と悔恨《かいこん》に胸をかまれて、龍三郎は粛然《しゅくぜん》と首うなだれる。

三穂子は不思議そうに、

「慎介さん、話してちょうだい。これはいったいどういうわけなの？」

そういう三穂子の手をとりながら、慎介はいかにもいとおしげに相手の眼を凝視《みつ》めて、

「そうだ、三穂さんは何も知らなかったのだね。ああ、話してあげようとも。はるばるボルネオまで来てくれた君には、それを聞く権利があるんだからね」

そして次のような話をはじめたのである。

「緒方さんはこのボルネオの奥地に大金鉱を発見したのだよ。あの人が帰国されたのもその金鉱採掘《さいくつ》について政府と打ち合わせるためだったのだが、その秘密を嗅《か》ぎつけたのが、あの白人とマレー人との混血児ヌクラだ。後でわかったのだが、あいつは白人財閥のスパイとしてこの荘園に入り込んでいたのだ。そしてその財閥の指令によって、緒方氏を日本まで尾行していくと、とうとう鎌倉で緒方氏を殺してしまった。目的は緒方氏の持っている金鉱の所在を示す地図にあったことはいうまでもないが、どっこい、緒方氏はその地図をこの木の下へかくしておかれた。そして断末魔の苦悶《くもん》のうちにも、日時計のうえにその所在を解く鍵《かぎ》を書《か》き遺《のこ》しておかれたのだ。僕はあれを見るとすぐ地図の所在がわかったが、うっかりそれをいうと、緒方氏を殺した犯人が先廻りして地図を横奪《よこど》りするかもしれない。そこで僕は官憲のとんでもない間違いを、弁解しようともせずに、そのまま姿をくらまして、中国人に化《ば》けてここへ帰ってくると、ひそかに地図を取り出しておいたのだ」

「そうです。僕も緒方氏を殺した犯人が、あのヌクラであることは知っていました」

龍三郎も悔恨に声をふるわせながら告白するのだ。

「僕は現にその現場を見たのです。ところがあいつの口車に乗せられて……つまり金鉱の所在を示す地図を見つけたら、二人で利益を山分けにしようという、あいつの言葉に欺《だま》されて、人知れずあいつを逃がしてやったのです。そしてあいつはこのボルネオへ帰り、この荘園を探す、僕は鎌倉にのこって緒方氏の所持品を調べる……そういう約束になっていたところへ、三穂子さんからあの護謨の木の秘密をきき、はじめて地図の所在を覚《さと》り、すぐさまここへやってきたのだが、ヌクラがあんな恐ろしい奴とは、夢にも思いませんでした」

「いや、過ぎ去ったことを詮索《せんさく》するのはよしましょう。この地図はだれのものでもない。日本政府のものなんです。この金鉱を採掘するまでには、まだまだ幾多の難関が横たわっているだろう。だがわれわれはやらねばならぬ。開拓者としてそれをやりとげねばならぬ。日疋さん、あなたも手伝ってくださるでしょうね」

「やります。いや、やらせてください。僕もこの大自然の気にふれて、はじめて眼がさめたような心持ちです」

「慎介さん、あたしにも手伝わせてちょうだい」

感激にふるえる三穂子の手をとって、

「むろん、それは僕からお願いしたいところだ。ああ、見たまえ日疋さん、三穂子さん、あの密林のうえから昇る太陽を……」

三人ならんで立ったその向こう、大密林のはるかかなたから、その時めくるめくような熱帯の太陽が、おごそかに昇ってきたのである。

二千六百万年後

発端

私も今年は四十である。

岡本《おかもと》かの子《こ》さんの小説によると、人間四十の声をきくと元の根にかえるものだということである。この元の根にかえるというのは、持ってうまれた血の本能にかえるという意味らしい。つまり付け焼き刃の教養なんかなんの役にも立たん、そんなものは一切合切《いっさいがっさい》かなぐり捨てて、先祖代々つたえられた血——かの子流にいうと、いわゆる「いのち」にかえりたくなる本能にかられるというのである。

ところが一方、四十は古来不惑《ふわく》とよんで、この年ごろになると、あまり人生に迷わなくなる。子供の成長なんかを楽しみながら、そろそろ系図しらべをしたくなったりするのが、この年ごろの徴候だということになっている。一見矛盾《むじゅん》のようだが、よくよく考えてみるに、怪しげな系図などをひねくり廻して喜ぶというのが、そもそも血の本能にかえろうとする第一症状であるかもしれない。

それはさておき、恥を打ちあけていうと、私もちかごろわが家の系図というものに、少なからず興味をかんじはじめたのである。ボロボロになった系図の一巻をひっぱり出したり、仏壇の奥から紙魚《しみ》に喰いあらされた過去帳を取り出したりして、大いにわが家系に箔《はく》をつけるつもりでいたところが、そのうちにたいへんな人物をわが家の先祖のうちに発見したのである。と、いってもあわててはいけない。何も平将門《たいらのまさかど》がわが家の先祖だというのでもなければ、石川五右衛門《いしかわごえもん》が中興の祖だというわけでもないからその点安心なのである。が、そのたいへんな人物というのが、実にかの夢想兵衛《むそうひょうえ》君なのである。

　夢想兵衛君といえば知ってる人は知ってるだろう。浦島《うらしま》からもらった釣《つ》り竿《ざお》でこさえたところの紙鳶《たこ》にのって、少年国、色慾国、強飲国《ごういんこく》、貪婪《どんらん》国などを経廻《へめぐ》った奇人で、その伝記は「夢想兵衛胡蝶《こちょう》物語」という題で、曲亭《きょくてい》主人馬琴《ばきん》先生によって綴《つづ》られたはずである。

　この発見によって、私も大いに発明するところがあった。齢《よわい》不惑に達しながら、とかく思案もぐらつきがちで、少年のように夢多い私の性質は、きっとこの夢想兵衛君の血をうけついでいるに違いないと感づいた。するとたちまち先祖の魂が乗りうつったものか、私はしきりに遊意が動きはじめたのである。ひとつ先祖の兵衛君にまけず劣らず、私もどこか奇抜な国々を経廻りたいと思うのだが、残念なことに、兵衛君にめぐまれたようなチャンスは、なかなか私には訪れてこないのである。毎日のように仮名《かな》川の沖に舟を漕《こ》ぎ出して、大いに祈ったものだけれど、ついに浦島は現われないのである。

これには私もはなはだ落胆したものだが、その時天啓のように眼にうつったのが、アメリカの作家リーコックという男が書いた「千年後」という一文の書き出しなのである。参考のために、その書き出しの一節を掲げると、

――理想の社会はたいてい眼がさめたら紀元二千年だったというようなことで始まっている。ユートピアを書く小説家は先ず睡眠力に富まなければならない。ところが考えてみると私も文筆家の端くれだ。社会問題にはかなり深い興味をもっている。殊に取柄《とりえ》は寝坊である。或《ある》いは二三百年眠る能力があるかも知れないと思いついて、定評ある修養書を買い集めた。云々――(佐々木邦氏訳)

そして修養書のおかげで首尾よく熟睡したリーコックが、今度眼が覚めてみたら千年後の理想の社会だったというのである。

私はこの一文を読んで大いに発奮するところがあった。リーコックごときにしてしかりとすれば、夢想兵衛君の血をひいている私に、やわか叶《かな》わぬことはあるまいと、

早速本屋へかけつけて、某々氏著《あら》わすところの「人生は光だ」「肚《はら》を作る法」等々々、評判の修養書をしこたま買いこんできたのだが、ああら不思議、霊験すこぶるいやちこにして、修養書を枕下《まくらもと》へおくがいなや、私は昏々《こんこん》として眠ってしまったのである。

第一のユートピア

さて、私はいま理想の社会をあるいている。紀元何千年か何万年か知らんが、ともかくあの修養書を枕下において眠ったからには、私の睡眠がただならぬものであったことは疑いをさしはさむ余地がない。したがっていま私の歩いているところは、当然理想の社会でなければならぬはずである。

　ところが正直のところ、いま私の歩いている理想の社会というのははなはだしく居心地がよろしくない。まず第一に道路《みち》である。かつて私が生きていた紀元二千六百年の社会においても、都会はおおむね舗装されていたはずである。ところがいま私の歩いている道路ときたら、そのかみの武蔵野《むさしの》の原野のごとく、膝《ひざ》まで埋まりそうな泥濘《ぬかるみ》なのである。天気の日にはさぞかし紅塵万丈《こうじんばんじょう》であろうと思うと、やれやれこれが理想の社会であろうかと、私の第一印象ははなはだよろしくない。

　搗《か》てて加えて、この道路《みち》をさしはさんでいる建物というのが、はなはだ私の心を寒からしめた。それはあたかも二千六百年時代の刑務所の塀《へい》のごとく、道路の両側にそびえていて、しかもそこには窓もなければドアもないという、すこぶる殺風景きわまる建築物なのである。

最初のほどは私も、これをもって特殊の目的をもった建物であろうと、大いに好意的に見ていたのだが、訝《いぶか》しいことには、どこへ行っても全部同じ式の建物ばかりである。

私はしだいに心細くなってきた。それというのが建物のせいばかりではない。道路《みち》という道路はどこを見ても人っ子ひとり通らないのである。いや、人の姿が見えないばかりではない。その昔私は探偵《たんてい》小説を書くことをもって業としていたものであるから、これで相当観察眼は発達しているつもりであるが、いかに虫眼鏡で探したところで道路のうえには人の足跡というのが更にない。いや、足跡のみならず、自動車のタイヤの跡すらも発見できない。

私はたちまち一種異様な戦慄《せんりつ》にとらわれた。ひょっとすると地上から生物というものがことごとく一掃されたものではあるまいか。そしてここはギリシアのクレータ島のような廃墟《はいきょ》ではあるまいか。すなわち理想の社会というのは、あらゆる生物の根絶したあとにやってくる、一切無の世界ではあるまいか……

だが、これは私の杞憂《きゆう》にすぎなかったことがすぐに判明した。

その時、空のかなたにあたって、ものすごい轟音《ごうおん》がきこえてきたのである。それにつづいて華やかな男女の話し声が、頭上から降ってくるのにはじめて気づいた私は、いままで地上に向けていた視線を思わず天界に投げたのである。そしてそのとたん、私は心臓の鼓動がとまりそうなほどの驚愕《きようがく》にうたれたのである。

大空のはるかかなたを、かつてみた映画「大地」の蝗《いなご》のごとき大群が、悠々《ゆうゆう》として飛翔《ひしよう》しているのを発見したからである。はじめのうち私は、それがなんであるか見当もつかなかった。とにかく紀元二千六百年ごろの生物学の知識では判断しかねる一種異様な動物の大群なのである。

彼らはいずれも摩訶《まか》不思議な翼《つばさ》をひろげて、悠々と空を飛翔している。一匹——？一羽——？一人——？（何んと呼んでよいか判断に苦しむのであるが）で、快適な散歩を楽しんでいるような風情《ふぜい》の奴もあるし、いかにも用事ありげに虚空《こくう》をきって翔《か》けっていくのもある。なかには雌雄翼をならべて、嬉々《きき》として打ち興じていくさまも見える。（そして、この最後の群れが一番多かったのだが……）また、ところどころに立っている大鉄塔の横木——それはあたかも紀元二千六百年時代の電柱の大仕掛けな奴《やつ》みたいなものであるが——に目白押しにとまって、何か待ちかまえている連中もある。

——と、その時、さきほど耳にした轟音が、いよいよ近づいてきたかと思うと、アクロン号を数十台つないだような怪物が、長蛇《ちょうだ》のごとく空のかなたから現われてきたのである。この長蛇の怪物は、やがて鉄塔のそばにとまったが、すると中からバラバラと飛び出したのは、いずれも翼をもった奇生物なのである。これがあらかた飛び出してしまうと、いままで鉄塔の横木にとまっていた奴が、一列励行を厳守しながら規則正しく乗りこむと、やがて長蛇の怪物は、ふたたび空のかなたに消えてしまったのである。

その時の私の驚きを、いったい何んといって形容したらよろしいだろう。アクロン号の怪物も怪物だが、それよりも空を真っ黒に埋めているあの怪動物である。フラフラと眺《なが》めているうちに、異様な翼こそ肩から生えているものの、それがまぎれもない私同様の人間であることを発見したからだ。

私は驚いた。怖《おそ》れた。気が遠くなりそうだった。事実、あの親切な有翼《ゆうよく》老紳士が、空から私の姿を見つけてひらひらと舞いおりてきた時には、危なくその場へ卒倒するところだった。

一羽の老紳士はひらひらと私の頭上を飛び廻りながら、

「もしもし、あなたはいったい何者ですか」

と、怪《け》訝《げん》そうに眼鏡をかけ直して私の姿を見た。その顔色に悪意はなさそうであったから、私もやっといくらか安堵《あんど》して、

「私ですか。私は人間ですが」

「人間？」

老紳士は奇妙な叫びをあげると、あたかも私の体を吟味するようにひらひらと、私の周囲を飛びまわっていたが、やがてハタと翼をうち、

「ああ、分かりました。私はかねて本で読んだことがあります。われわれ人間の祖先には、かつて直立歩行時代というのがあったそうです。そうするとあなたは、あの未開時代の人類の遺物ですね」

これには私も少なからず憤激した。紀元二千六百年といえば、人類の進歩がその頂点にあった時代であると自認していた私にとって、これは何んという大きな侮辱だろう。さすが温厚な私も肚《はら》にすえかねて憤然《むっ》としていると、かの有翼老紳士は翼をふるわせて笑いながら、

「はははは、憤《おこ》りましたね。すると未開時代にも人類には自尊心があったとみえる。これは大した発見だ。早速今夜の講演で発表せねばならんが……」

と、胸のポケットから手帳を取り出して何か書きつけながら、

「しかし、あなたは仕合わせですよ。私に発見されたから命が助かりました。私はこれでも考古学者でしてね。いささか人類の歴史に明るい者だから、あなたを見てもあえて驚倒しません。さもなくばあなたは怪物としてただ一撃《う》ちに翼でうち殺されると

ころでした」

　どちらが怪物だかわからないが、これを聞いて私は少なからず心細くなった。

「すると何んですか。ここの住民はそれほど兇暴なんですか」

「いや、そういうわけではありませんが、なにしろあなたはあまり変わっていますからね。とにかく御案内しましょう。何、心配することはありません。あなたは実に貴重な人類の参考資料ですから、危害を加えるようなことはありません。安心していらっしゃい」

　老紳士はひらひらと空へ舞いあがりかけたが、地上に残された私を見ると、にわかに気づいたように、

「そうそう、あなたは飛翔《ひしょう》することができないのでしたね。やれやれ、何んという不自由なことだろう。よござんす。いまタクシーを呼んできますから、ちょっと待ってください」

　老紳士は空へ舞いあがったが、やがてオートジャイロみたいな一台の小型飛行機をつれてきた。私はなんだか気味が悪かったが、ここでこの老紳士におきざりにされるのは心細い。私が思いきって紳士と並んで乗りこむと、タクシーはすぐさま空へ舞いあがったのである。

　さて、ここで私ははじめて有翼人物なるものを間近に観察することができたのだが、

それは一種異様な動物だった。まず肩甲骨《けんこうこつ》が異状に発達していて、手頸《てくび》から脇腹《わきばら》へかけて蝙蝠《こうもり》のような薄膜が張っているらしかった。つまり鳥類と同様に上肢《じょうし》が発達して翼と化したものらしいが、鳥とちがうところは手としての機能はそのまま残っているらしく、その証拠にはタクシーの運転手が、水掻《みずか》きのついた五本の指で巧みにハンドルを廻しているのでもわかるのである。その代わり脚は著しく退化して、これが飛翔する時には尾翼の役目を果たすらしい。こういう体の構造にしたがって、服装などもだいぶ変わっているが、それはまず、紀元二千六百年時代のインバネスを想像すれば、大して間違いはないと思う。

さて、われわれを乗せたタクシーは、間もなくさっき私が地上から仰いだ、あの織るような交通の中心へ乗り入れたが、みるとあたりには、その昔のモダンボーイ、モダンガールといった恰好《かっこう》の青年男女が、おびただしく群れをなして飛翔しているのである。

私は思わずかたわらの老紳士をつかまえてこう訊《たず》ねた。

「いったい、ここはどこですか。何んだってこんなにたくさん人が飛んでいるんです。何かあったのですか」

すると老紳士は笑いながら、

「何、別に変わったことがあったわけではありません。ここは銀座《ぎんざ》尾張町《おわりちょう》といいましてね、あの連中は日に一回ここを散飛《さんぴ》しなければ眠れないという困った人たちなんです。俗にこれを銀とびといいましてね」

何んだって。これが銀座だって？　私は思わずタクシーの窓から下を覗《のぞ》いたが、そのとたん思わずあっと叫んだ。なるほどさっき地上から見た建物の、側面に窓もなければ入り口もなかったのも当然である。すべての窓、すべての入り口は全部空にむかって開いているのである。そして水平にしつらえた飾り窓の中にはいろいろ珍しいものが並べてあったが、その中に翼輪《よくわ》だの、翼飾りなどという文字も見えた。またある商店の入り口には、美翼術という看板が出ていたが、どうやらこれはマニキュアの後身らしいのである。この美翼術の隣は喫茶店らしく、そこには大勢の男女が、いずれも停《と》まり木にとまって茶を喫《の》んでいた。

「なるほど、人体構造がかわるにつけて、すべての生活様式が変わったわけですね」

「そうそう、未開時代には窓だの入り口だのはすべて垂直についていたそうですね。なんてまあ、無恰好なことだったろう」

「しかし、入り口が空を向いているのは雨の降る日なんか困りはしませんか」

「なに、そういう時はあま戸をしめます。そうそう、昔はあま戸と書くのに雨戸《あまど》とかいたそうですが、いまでは天戸《あまど》と書きますよ。どうです。これでも私はなかなか未開時代のことに詳しいでしょう」

この老紳士がいちいち私たちの時代のことをさして未開時代というのは、はなはだ癪《しゃく》だったが、しかし話してみるとなかなか教養もあり、学問もあるので、私はふと思いついて、いったい人類がいつごろから飛翔時代に入ったのか聞いてみた。するとこの問題は、老紳士にとっては得意の題目だったらしく、彼は翼をあげながら滔々《とうとう》として語りはじめたのである。

以下その話というのをここに紹介しよう。

「そうです。実は今夜私が講演しようというのも、その題目なんですが、よろしい、それではおさらえのつもりでここで話してあげましょう。さて、いまから何万年昔のことか。残念ながら文献が散逸しているので、正確なところは考証する由もありませんが、ともかく人類がまだ未開で、二本の脚で歩行していた時代があります。未開時代とはいえ、そのころ人類の進歩にはかなり見るべきものがあって、科学が長足の進歩をとげ、現代からみるとはなはだ幼稚なものではあるが、発明発見があいついで起こった。ところがなにしろ未開時代のことだから、この幼稚な発明発見をもって当時の人類は驚異となし、このように科学が発達しては、遠からず人類の滅亡をきたすのではあるまいかと、悲観説をとなえる学者——なに、当時の学者のことだから、われわれの眼から見ると虫ケラみたいなもんですが——が出てきました。ところがまた、それに応酬して人類の未来について可能を信じる一派は、つぎのような説をたてました。果たして現代は——その当時のことですよ——科学の発達が、人類にとって絶対的なものであろうか。そもそもこれを、人類が最初に火を発見した時の大変革にくらべれば、果たしていかんぞや、と、そういう学者もあったわけです。むろん前者にくらべれば後者の方がはるかに謙譲で賢明だったわけですが、われわれの眼から見るならばまだまだ短見のそしりはまぬがれない。なるほど火の発見は人類生活に大変革をもたらしたが、それは生活様式についてであって、そのまえに、人類の構造自身に大変革はなかっただろうか。いや、ありました。すなわち、それまで匐行《ふくこう》動物であった人間が、二本の脚で直立しはじめたことです。これこそは人類の曙《あけぼの》であり、このために他の百獣を征服し、火の発見も可能だったわけです。されば、直立時代のつぎに来る人類の大変革とは何んであるかというのに、とりも直さず飛翔時代でなければならぬ。それも当時の学者が自惚《うぬぼ》れていたごとく、飛行機その他を使用して飛翔するのであってはならぬ。人体構造そのものを改造して、鳥のごとく自由自在にとぶのでなければならぬ。——それがわれわれの先祖——つまりあなたがた未開人にとっては子孫ですが、それが考えはじめたことなんです」

「なるほど……」

「しかし、この本能はたしかあなたがた未開人時代にもあったらしい。というのもちかごろ私の読んだフロイトという当時の心理学者の説によると、そのころの青年はよく空を翔《か》ける夢をみたらしい。フロイトはこの夢を分析して、これは体内精力の充実を意味するといっていますが、人間が精力の充実した時には何を夢想するでしょう。つまり次に来《きた》るべき人類の可能に対する憧憬《あこがれ》にほかなりません。つまり未開時代に青年の見た空翔ける夢こそは、人類のつぎに来るべき時代への本能を暗示していたのです。ここで、匐行《ふくこう》時代の人類が何んの文献も残していないのははなはだ残念だが、その当時にあっては、青年は必ずや夜ごと直立して歩く夢を見ていたにちがいありませんよ」

「なるほど、そんなもんですかねえ」

ちかごろちっとも見なくなったが、若いころしきりに空を翔《と》ぶ夢を見た私は、ここにおいて少なからずこの老紳士に敬意を表したものである。私が感嘆したものだから、老紳士はいよいよ得意になり、

「そうです。そうです。ここに想到したわれわれの先祖は、そこで直ちに人体構造を飛翔に適応するように改造を開始したのです。なにしろ、あなた方の時代のダーウィンのいうように、突発的に変種が現われるまで待ってはいられなかったものですからね。ともかく一日も早く飛翔時代に入った人類こそ世界を征服するというわけで、いっせいに飛翔運動にとりかかったのです。何んでもその当時この運動を助長するために、次のような唄《うた》さえ作って奨励したということですよ。飛べよ、飛べ飛べ、飛べよ

飛べ……」

かの老紳士が調子にのって、翼をひろげて唄い出したときである。そこに非常に不幸な事故が起こったのである。飛翔人類にも交通事故はまぬがれなかった。向こうから来た空のタクシーと、われわれの乗った奴が衝突したからたまらない。あっという間に私は空に投げ出されて、翼を持たぬ悲しさには、大地にむかって真っ逆さまに……。

第二のユートピア

「もしもし、どうかしましたか」

呼び起こされて私はやっと気がついた。見ると側《そば》には鼻眼鏡をかけた紳士が立っている。私は本能的にその紳士の肩に眼をやったが、そこには翼なんて怪しげなものは見られなかったので、私はやっと安心した。やれやれ、どうやら修養書の利《き》き目《め》もおわりになったらしい。ただ不思議なことには、さっき寝る時は、私はたしかに寝床の中に身を横たえていたはずだのに、いま気がつくと、道路のうえにぶっ倒れているのである。これには私もいささか面喰《めんくら》って、あわてて起きあがったが、それを見るとかの鼻眼鏡の紳士はにやにや笑いながら、

「どうしたんですか。夢でも見たんですか」

と、訊《たず》ねるのである。

「ええ、変な夢を見ました。有翼人類と空をいっしょに散歩――いや、散飛《さんぴ》していた夢です」

「な、なんですって？」

そのとたん、鼻眼鏡の紳士の顔が、さあっと土色になったから、私は少なからず驚いた。

「有翼人と散飛していたのですって。ああ、分かった、あなたは有翼人のスパイですね。さあ、白状なさい。有翼人の国からこの国へ、後方攪乱《かくらん》にやってきたんですね。あなたは第五列ですね」

　相手の剣幕があまり激しいので、私はすっかり面喰ってしまった。

「まあまあ、待ってください。あなたのおっしゃることはさっぱりわかりません。私は夢を見ただけなんです」

　すると、相手はいよいよひどい剣幕で、

「何を馬鹿な。そんなことをいっても私はごまかされません。いまこの国が有翼人と戦争していることを知らぬはずはないでしょう。戦争はもう十八万八千八百年もつづいているのです。それを知らぬとはあまり人を馬鹿にした言いぐさではありませんか」

「な、なんです。戦争が十八万八千八百年もつづいているんですって。すると今年は紀元何年なのです」

「それもあなたは知らないのですか。今年は紀元二千六百万年ですよ」

「な、なんですって。私は紀元二千六百年時代の人間ですよ」

鼻眼鏡の紳士はつくづく私を見ていたが、

「これはおかしい。気が狂っているようでもない。それに翼のないところを見ると、有翼人でもないらしい。もしもし、あなたはほんとうに紀元二千六百年時代の原始人ですか」

原始人——？　やれやれ、するとここもやっぱり未来国のひとつなのか。

「はい、そうですよ。すみません」

「なるほど、そういえば少し様子がかわっている。これは驚いた。実に意外な珍物だ」

と、骨董《こっとう》好きが骨董でも覗《のぞ》きこむような眼付きで、鼻眼鏡をつまみながらしげしげ眺《なが》めるのだから、これには私もくさらざるを得ぬ。

「もしもし、すると今年は紀元二千六百万年なんですね。しかし、それにしてはおかしいじゃありませんか。見たところあなたの姿は私と少しもちがってはおりません。

すると人類という奴は案外進歩しないものですね」

すると鼻眼鏡の紳士はにわかにからから笑って、

「なるほど、あなたがそういうのも無理はない。しかし、これで人類は大変革を遂げているんですよ。さあ御覧なさい。何かあなたの時代と変わった事柄に気がつきませんか」

「そうですねえ」

私はきょろきょろあたりを見廻しながら、

「別に変わったことは見当たりませんね。ただ……そうだ。そういえば赤ん坊の泣き声がちっともしないのが不思議ですねえ……われわれの時代は産めよ殖《ふ》やせよの時代で、十軒の家に九軒までおしめがひろがっていたもんですが……」

「何んですって、おしめ……？　おしめとは何んです。ちょっと待ってください。いま古代百科辞典を引いてみますから」

と、鼻眼鏡の紳士はポケットから、小型の辞典を出してしらべていたが、

「ああ、分かりました。ここに書いてあります。おしめとは人類がまだ哺乳《ほにゅう》動物なりし古代において、嬰児《えいじ》の大小便を包むためにその腰に巻きたる布にして、普通木綿《もめん》あるいはスフを用う。――これだから未開時代はやりきれない。何んという不潔なことだろう」

「なんですって。それじゃここではおしめを用いないのですか」

「もちろん。そんなものを用いる必要はありませんよ。現代においては大小便を垂れ流しにする嬰児なるものは存在しないのですから」

「え？　それはどういう意味です。赤ん坊いや、辞典を持ち出さなくてもよろしい。赤ん坊とは乳児のことです。――その乳児がいないとなれば人類は絶滅するではありませんか」

ここにおいて、鼻眼鏡の紳士は再びからからと笑うのである。

「なるほど、あなたの未開な頭でそういう疑惑を起こすのは無理もありませんが、われわれは乳児を持ちません。まあ聞きなさい。なるほどわれわれの先祖もかつては哺乳動物であった時代がありました。そして愚かにも、哺乳動物こそは最高の動物だと自惚れていたんですが、それは間違いなんです。哺乳動物ほど厄介なものはありません。母親は子供をうむと何年間か、授乳のために手がはなせません。しかも嬰児がひとり歩きができるまでは、実に数年以上の年月を要します。こんな不合理なことはありません。そこで思いきってわれわれから幾万代かの昔において、人類を卵生動物に改造したものです」

「え、卵生？」

「そうですよ。卵をうむんです。あなたの時代に桃太《ももた》郎《ろう》説話というものがあったそうですね。あれは卵生伝説のひとつで、あなたがたよりずっと昔の人間は、かえってあなたがたよりはるかに賢明だったのです。かれらは、人類が卵生動物ならどんなに都《つ》合《ごう》がよかろうと、ああいう説話を作りあげたのですよ。桃太郎はバンザイを叫びながら桃からうまれます。そしてまたたく間に成長して鬼が島へ鬼を征伐にいきます。つまり人類を卵生動物に改造したわれわれの祖先は、あの説話の合理さにヒントを得たんです」

「すると卵生ということはそれほど便利ですか」

「便利ですとも。ちかごろの婦人はみな卵をうみます。そして二十一日間これを抱いてとやにつくんです。すると卵が孵化《ふか》して中から子供が出てきますが、この子供はちょうどひよこが卵からかえるとすぐ自分で餌《えさ》をついばむごとく、少しも両親に手間をかけません。一か月もすると言葉をおぼえ、二か月目には小学校へ入ります。おかげで母体は少しもいたむことがありませんから、自由に活躍できるわけです」

「あ、なるほど！」

　私が感嘆の言葉をもらすと、鼻眼鏡の紳士はますます得意になって、

「いや、合理的なのはまだそればかりではありません。婦人は結婚すると更年期までの二十余年間に毎年一箇ずつ卵をうみます。しかし、必ずしもその全部を孵化しなければならぬ義務はなく、おのおのの資産状態に応じて、三人子供が欲しければ三箇、

五人子宝が欲しければ五箇と、任意に孵化することができます。しかも卵の雌雄鑑別法というのが発達していますから、男でも女でも自分の欲する子宝を得ることができるわけです」

「なるほど、そう聞いてみるといかにも便利のようですが、そして残った卵はどうするのですか。まさかうで卵にして食っちゃうわけではありますまいね」

「むろん、そんな馬鹿なことはしません。残りは全部国家に献納します。政府に蓄卵省といって、卵を保育する役所があります。また孵化局といって卵を孵化する係もあります。平時においてはこれらの省や局は別に大して仕事はありませんが、一朝有事の際には大いに機能を発揮します。つまり天災や疾病《しっぺい》、あるいはまた戦争のために人口が激減したときには、政府は大車輪で卵を孵化して補充します。だから戦争のような危険な仕事に従事するには、全部この政府に献納された卵から孵化した男性です。いや、平時においても、筋肉労働のごとき仕事は、全部この連中にまかせて、われわれは頭脳労働で国家に奉仕します。つまりギリシア神話の蟻兵《マーミダン》を持っているようなもんで、何んと合理的な社会ではありませんか」

鼻眼鏡の紳士は滔々《とうとう》としてまくしたてたものであるが、その時である。突如、けたたましい鈴の音とともに、号外屋がわれわれの側へ駆けつけてきたのである。この号外屋もきっと蟻兵のひとりだったにちがいない。鼻眼鏡の紳士はこれを見ると、すぐその一枚を買いとって、おもむろに号外を読んだが、あっと真《ま》っ蒼《さお》になったのである。

——有翼人蓄卵省を爆撃す、貯蔵されたる卵十億八千万個全部破壊——

「あっ！」とたんに鼻眼鏡の紳士は胸をおさえてよろめいた。「駄目《だめ》だ！　滅亡だ！　われわれは戦う階級を失った！」

悲痛な叫びとともに鼻眼鏡の紳士は鼻眼鏡を落として私の腕に倒れたのである。

私の夢はここで終わった。そして私の見学したユートピアの示す教訓はこうである。労働を嫌悪《けんお》し、国家のために戈《ほこ》を取って立つ覚悟を失い利己的な安逸の怠惰《たいだ》を希求するかぎり、われわれの周囲にはユートピアはない。蟻兵は堕落したヘレニズムだ。

さあ、私もペンを捨てて立ち上がろう。

解説

中島河太郎

本書には著者の昭和十三年から十六年にかけての短篇九篇を収めた。雑誌に発表されたままのものがほとんどだから、横溝ファンには喜んでいただけるにちがいない。著者は作家専業を志した矢先、発病して療養生活を余儀なくされ、ようやく昭和十年に「鬼火」をひっ提《さ》げて復帰した。翌年からは「かひやぐら物語」や「蠟人」の他に、「白蠟変化」、「真珠郎」、「夜光虫」などの長篇を連載するほど回復した。それから戦争開始までの五年間は、抑《おさ》えられていたものが一時に爆発したかのように、旺盛な筆力を振るったものである。本書はその期間の作品で、埋もれたままになっていたものを、極力博捜《はくそう》した。

「花火から出た話」（昭和十三年三月、週刊朝日特別号）は、題からして楽しみである。船員あがりの風来坊が、丘の上で日向《ひなた》ぼっこをしていると、花火が打ち揚《あ》げられて、彼の鼻先に花束が落ちて来た。それがこの物語の始まりである。

　この花火は高名な学者を記念した公園の開園を祝うためだったが、花束の中には猫眼石の指環がはいっていた。学者が亡くなるとき、この指環を手に入れた者が、令嬢の結婚の相手だと言い遺《のこ》したので、三人の男が指環探しに夢中になり、その飛ばっちりが風来坊に及んだのだ。

三人の醜い争いに愛想を尽かしている令嬢が、風来坊に次第に惹《ひ》かれ、その過去や素性にとらわれず、ひたむきに飛びこむ純愛が印象的である。

「物言わぬ鸚鵡《おうむ》の話」（昭和十三年十月、新青年）は、「疑問符くらぶ」と題する綺譚《きたん》集の一篇である。司会者の口上によると、「大変よい時候になりました。今夜はまたさまざまの面白いお噺《はなし》が出ることでしょう」とあって、第一話が本篇である。筆者名は阿部鞠哉で、アヴェ・マリヤをもじったものである。

　うまく口の利《き》けない妹のために、友人が贈ってくれた鸚鵡が、これまたものがいえぬという皮肉な鳥だった。それもそのはずで、舌を切られていることがわかった。その原因を調べてみようとして、恐ろしい秘密にぶつかる。港町神戸の一面を暗示したメルヘンである。

「マスコット綺譚」（昭和十三年十一月、オール読物）は、「女優秘話」の角書《つのがき》がついている。

幸運の護符でもほんとうに幸運を呼びよせる力を具《そな》えたものがある。それは卵形の縞瑪瑙《しまめのう》でできていて、表には奇妙な魔神の顔が彫りつけてある。ただし、肌身離さず持っていることが条件で、これをなくしたら幸運は吹っ飛んでしまうのだ。その効験《こうけん》は実にあらたかで、置き忘れた人は殺され、それを届けてあげようと手にしていただけで幸運は覿面《てきめん》に訪れた。いかにも恐ろしい呪力を具えていることを実証するかのようであったが、最後の持主の慧眼《けいがん》は、マスコットの細工を見破った。彼女がそういう呪力に依存する気持をさらりと擲《なげう》って、人間への愛情と信頼を回復する結末はさわやかである。

「銀色の舞踏靴」（昭和十四年三月、日の出）は、三津木俊助や由利先生が登場する。スクリーンに見とれていた三津木の膝《ひざ》に、舞踏靴の片方が落ちてきたという発端はおもしろい。しかも靴の落ちてきた二階の座席からは、その靴とそっくりのを履《は》いた女性の死体が発見されたのだ。

　美人投票で選ばれた三人に贈られたのがこの靴だと分ったときは、すでに二人は犠牲者になっていた。カムフラージュ殺人のために、投票で選ばれたシンデレラに、銀色の舞踏靴を贈り、それを同時に死への贈物にもするつもりで、事件に彩《いろど》りを添えている。

「恋慕猿」（昭和十四年五月、現代）は、カフェーに猿を連れてくる風変りな客と、その悲しげな微笑に惹かれた女給との愛の物語である。この猿は猿芝居の太夫《たゆう》で、熊谷《くまがい》直実《なおざね》が十八番で、相手役の敦盛《あつもり》を演じる牝猿に死なれたため、今なお敦盛の絵姿を見れば愛撫《あいぶ》するという、その愛情こまやかさが事件の解決に役立ったのだ。この猿の果たす役割が、ストーリーの温か味にも、謎の解決にもすこぶる大きい。

事件が解決してみると、裏面では複雑な懸《か》け引きがあったわけだが、昼間からカフェーに現われる男の淋《さび》しい表情から始まって、血みどろの妾殺《めかけごろ》しに発展し、その容疑者に挙げられるなど、構成の工夫が著《いちじ》るしい。

「血蝙蝠」（昭和十四年十月、現代）も、三津木・由利のコンビによる探偵譚である。鎌倉の避暑客が試《し》胆会《たんかい》もどきに、蝙蝠屋敷の探検を試みた。その一番目にあたったのが主人公の通代《みちよ》である。到達した証拠に印をつけようとすると、殺害死体を発見して失神し、大騒ぎになった。通代と被害者とはなんの関係もないのに、彼女は尾行されたり、危く殺されそうになったりする。

　通代をたまたま助けたことから、三津木は俄然《がぜん》ファイトを燃やして調べていると、犯人は殺人を予告して彼に挑戦する。結局は由利先生が出馬して、密室の謎を解いてくれる。屋敷での被害者の女優の件をからませているが、そのあわれな情愛がひとしおであった。

「X夫人の肖像」（昭和十五年一月、サンデー毎日特別号）は、小説家の夫婦が展覧会の出品画のモデルを話題にしている。妻の劇団時代の友人お澄《すみ》が、齢《とし》が親子以上もちがうのに、夫の伯父の学者と結婚した。しあわせそうであったお澄がある男と失踪してから五年経ったが、いま彼女をモデルにしたとしか思えぬ画が出現したわけである。伯父が展覧会場に出かけてみると、その画は盗まれており、画家当人から恐ろしい秘密を打ち明けられるが、それはけなげな女性が、烈しい愛情を貫き徹した感動の極みである。またその蔭にかくれていた伯父のすさまじい意志も、今では明白になった。一枚の肖像画が巻き起こした波瀾《はらん》と、明るみに出た秘密はあまりにも痛々しい限りであった。

「八百八十番目の護謨《ゴム》の木」（昭和十六年三月、キング）は、さすがに時局の進展を反映している。ニュース映画劇場とか、南方へ雄飛とかいうことばが、戦争へとまっしぐらに進みつつある当時の日本を思い出させるのだが、映画を観賞中、ダイイング・メッセージの意味を解読するアイデアは印象的である。

解読した女性は恋人の冤罪《えんざい》をそそぐために、はるばる赤道直下のボルネオに赴《おもむ》いて、自分の眼で実証しようとするが、そこには邪悪な陥穽《かんせい》が待ちかまえている。時局を意識した作品とはいえ、探偵小説の趣向を採り入れずにはおかなかったが、つぎの「二千六百万年後」（昭和十六年五月、新青年）は、著者には珍らしい「科学小説」と銘うってある。

その発端で、自分は今年四十だといい、アメリカの作家リーコックのひそみに倣《なら》って、理想郷を夢見ようと試みている。

その第一は何万年後になるわけだが、有翼人の世界になっている。第二の理想郷は一足とびに二千六百万年後で、人類は卵生動物に改造されている。

作者は突如ほうり込まれた未来世界への対応に途惑《とまど》いながらも、ユートピアの示す教訓をつけ加えることを忘れていない。のびのびと自分だけの奇異な体験を語ることが許されなかった時代であった。

それから四十年たち、著者は八十歳を迎えた。それでいてなお新作長篇の構想に余念がないのだから、探偵小説一筋ということばは、著者にぴったりであろう。前人未踏の記録をますます伸ばしてほしいと祈念している。

本文中には、気狂《きちが》い、唖《おし》、賤業婦、跛《びっこ》、傴僂《せむし》など、今日の人権擁護の見地に照らして不当・不適切と思われる語句や表現がありますが、作品発表時の時代的背景を考え合わせ、また著者が故人であるという事情に鑑み、底本のままとしました。

本書は、一九八一年八月に刊行された角川文庫を改版したものです。

血《ち》蝙《こう》蝠《もり》

横《よこ》溝《みぞ》正《せい》史《し》

昭和56年 8月31日 初版発行
令和2年 5月25日 改版初版発行
令和6年 11月30日 改版3版発行

発行者●山下直久

発行●株式会社KADOKAWA
〒102-8177 東京都千代田区富士見2-13-3
電話 0570-002-301（ナビダイヤル）

角川文庫 22168

印刷所●株式会社KADOKAWA
製本所●株式会社KADOKAWA

表紙画●和田三造

●お問い合わせ
https://www.kadokawa.co.jp/（「お問い合わせ」へお進みください）
※内容によっては、お答えできない場合があります。
※サポートは日本国内のみとさせていただきます。
※Japanese text only

ISBN 978-4-04-109298-9 C0193

角川文庫発刊に際して

角川源義

第二次世界大戦の敗北は、軍事力の敗北であった以上に、私たちの若い文化力の敗退であった。私たちの文化が戦争に対して如何に無力であり、単なるあだ花に過ぎなかったかを、私たちは身を以て体験し痛感した。西洋近代文化の摂取にとって、明治以後八十年の歳月は決して短かすぎたとは言えない。にもかかわらず、近代文化の伝統を確立し、自由な批判と柔軟な良識に富む文化層として自らを形成することに私たちは失敗して来た。そしてこれは、各層への文化の普及滲透を任務とする出版人の責任でもあった。

一九四五年以来、私たちは再び振出しに戻り、第一歩から踏み出すことを余儀なくされた。これは大きな不幸ではあるが、反面、これまでの混沌・未熟・歪曲の中にあった我が国の文化に秩序と確たる基礎を齎らすためには絶好の機会でもある。角川書店は、このような祖国の文化的危機にあたり、微力をも顧みず再建の礎石たるべき抱負と決意とをもって出発したが、ここに創立以来の念願を果すべく角川文庫を発刊する。これまで刊行されたあらゆる全集叢書文庫類の長所と短所とを検討し、古今東西の不朽の典籍を、良心的編集のもとに、廉価に、そして書架にふさわしい美本として、多くのひとびとに提供しようとする。しかし私たちは徒らに百科全書的な知識のジレッタントを作ることを目的とせず、あくまで祖国の文化に秩序と再建への道を示し、この文庫を角川書店の栄ある事業として、今後永久に継続発展せしめ、学芸と教養との殿堂として大成せんことを期したい。多くの読書子の愛情ある忠言と支持とによって、この希望と抱負とを完遂せしめられんことを願う。

一九四九年五月三日